DAS PUBERTIER

青春期动物
——德国老爸笔下的火星女儿

[德] 杨·维勒 著
[德] 提尔·哈芬布拉克 绘
任卫东 译

人民文学出版社

著作权合同登记号　图字　01—2015—2418

Jan Weiler
Das Pubertier
ⓒ 2014 by Rowohlt Verlag GmbH, Reinbek bei Hamburg
Simplified Chinese language edition arranged through Beijing St
Media Co. Ltd. , China.
版权代理：北京华德星际文化传媒有限公司

图书在版编目(CIP)数据

青春期动物/(德)维勒著(德)哈芬布拉克绘;任卫东译.—北京
人民文学出版社,2015
ISBN 978-7-02-010901-2

Ⅰ.①青… Ⅱ.①维… ②哈… ③任… Ⅲ.①长篇小说—德国—现代 Ⅳ.①I516.45

中国版本图书馆 CIP 数据核字(2015)第 087460 号

责任编辑	欧阳韬
装帧设计	马诗音
责任印制	苏文强
出版发行	人民文学出版社
社　　址	北京市朝内大街 166 号
邮政编码	100705
网　　址	http://www.rw-cn.com
印　　刷	北京瑞禾彩色印刷有限公司
经　　销	全国新华书店等
字　　数	42 千字
开　　本	787 毫米×1092 毫米　1/32
印　　张	4.25　插页 1
印　　数	1—8000
版　　次	2015 年 7 月北京第 1 版
印　　次	2015 年 7 月第 1 次印刷
书　　号	978-7-02-010901-2
定　　价	29.80 元

如有印装质量问题，请与本社图书销售中心调换。电话：01065233595

目　录

暴风雨之前 / 1

青春期动物寄生所 / 6

啮齿目-茶少女 / 11

青春期动物实验室 1：叫醒服务 / 20

压力下的莫里茨 / 25

酷孩儿有了卡恩的下巴 / 31

梦中父亲 / 36

青春期动物实验室 2：钱的问题 / 44

新手适用的费伯法 / 49

我和玛丽的生活 / 54

戈麦斯和紫藤 / 60

淋浴噩梦 / 73

青春期动物实验室 3：时间都去哪儿了 / 78

勃起 / 83

绿野仙餐 / 88

青春期动物实验室4：为了秩序 / 93

生活的循环 / 98

被赞的博客 / 104

青春期动物实验室5：关于男人 / 110

跟卡拉一起YOLO / 115

迁居计划 / 120

青春期动物接班人 / 124

暴风雨之前

其实,这一切在我们家开始之前,我曾对我女儿卡拉的青春期做过许多非常浪漫的想象。我想到,她有可能偶尔在外面喝酒,试着抽烟,而我对此也会不置可否。我设想,我会经常跟她进行美好的、富有启发性的讨论,看着她成长。我希望,卡拉生命中的这一阶段,会成为我们共同的探险,我们可以一起去听音乐会。而且,我们还都年轻。反正我们都很年轻。

但是,不久之后,我动人的妻子萨拉和我去朋友家吃饭。正吃着的时候,门咣当一声开了,一个长满青春痘的女孩儿像新年烟花一样嗖地穿过屋子,一声招呼都不打。我认出来是爱米丽亚,朋友的女儿——

这孩子几年前还坐在我怀里,给我讲关于宝丽宝盒①和孟汉娜②的所有重要信息。现在成了这样。

在她父亲的要求下,爱米丽亚很不高兴地把她无精打采的爪子伸给我,嘟嘟囔囔地抱怨那些烂花的尸体臭死了。她说的是我们带来的、自认为很漂亮的一个花束。然后她问能不能吃点儿甜点,紧接着就消失在厨房了。后来,她又出现了,问谁动了她的蓝色套头衫。我用开玩笑的口吻"揭发"了一下,但是根本不被搭理,紧接着,一连串严厉的指责炮弹般地飞向她妈妈。最后,爱米丽亚走了,去参加一个叫什么鲍尔的家伙的聚会,走的

---

① Polly Pocket,玩具品牌,兴盛于二十世纪八九十年代。经典的宝丽宝盒为形状、大小、颜色各异的盒子,打开后有各式各样的场景,有公寓、酒店、餐厅等,里面配有小人等配件。孩子们可以发挥丰富的想象力,去虚构一个个情节故事。——本书注释皆为译者注。
② 迪斯尼的一部电视连续剧中的女主人公。

时候像走下舞台的明星似的,一副什么都不屑的样子,虽然没人给她喝彩。

那一晚剩下的时间,我们都在听朋友的诉苦和自责。我知道了:你记忆中优雅、迷人、最可爱的天使,会在短短的时间内变成臭气熏天的怪兽(男孩)或者歇斯底里的阿玛宗人①(女孩)。如果幸运的话,孩子们会成为坚强的成年人,告别这个充满了青春痘和脏内衣的危险期。但是也有些人永远留在青春期的阴影里,不过其中也许有人能成就一番事业。

再回到我们可怜的朋友,他们一直很重视跟他们的孩子建立一种朋友式的关系:他们之间的谈话,其实是吼叫,都是讨论一些非常精彩的话题,比如卫生、毒品、行为举止、营养和懒惰。我坚持认为,我以后绝对不会说

---

① 古希腊传说中的母系部落,女子个个骁勇善战。

出类似"我受不了你这样浪费时间"或者"把你的猪圈收拾干净"这样的话。我觉得,这两件事情上,孩子都有自己决定的权利,与父母无关。我的朋友苦笑着给自己斟满苦艾酒。

回家的路上,我们都沉默着。我想象着卡拉未来第一个男友登门造访,我给他开门的情景:一个雷神托尔和卡兹威尔①混合体站在我面前,问卡拉是否在家。我说:"啊哈,同学,先做个资格测试吧。"这个测试包含了关于他父亲的职业、政治倾向和汽车品牌等问题。从他的回答中,我能获得各种信息,比如是否会有可能走到要规划婚礼那一步。此外,我还想知道,这个年轻人(今后数月,我在卡拉面前都只称他为"这个年轻人")是怎么认识我女儿的,他是否会一样乐器,他觉得《山魔的大厅》是否俗气,他想跟我女儿怎么

---

① 英国同名电视连续剧中的主人公。

样。如果他认为《山魔的大厅》是《指环王》中的一章,也根本不想跟我女儿"咋着",那他就可以马上滚了。如果他对最后一个问题的回答是,他想"搂搂抱抱",那我就给他做个半小时的报告,告诉他八十年代是什么样的。如果他还不滚蛋,那他可以跟我女儿去看场电影。我会在他们看电影的时候打八个电话,问他们是否还在电影院。我大概就是这么想的。

但是,生活往往跟想象的完全不一样。

青春期动物寄生所

就因为动物界没有义务教育,所以考拉熊才被看做是世界上最懒的生物。它每天二十小时无所事事地挂在树上。这事儿对我女儿来说易如反掌,只不过她每天还得去去学校。

她目前的偶像叫威廉·盖恩斯,就是那个出版《疯狂幽默》杂志的美国人。据说盖恩斯曾长年坐在轮椅上让人推着,并不是因为他腿脚不便,而是纯粹出于懒惰。这完全符合卡拉关于完美尘世生活的想象。我们家的青春期动物不会收拾屋子,因为她没兴趣干这种烦人的事儿。她也不会去接电话,因为电话铃声让她有压力感。她喜欢在菜汤里放盐,但是如果让她自己去取盐,那她就吃没放盐的。她比撒丁岛八月份中午的驴还要懒。

今天早上她穿戴好站在走廊准备出门。我说,穿件夹克会比较好。回答是:"我的夹克在楼上,等我把夹克拿下来,学校就放学了。"我们家绝对不是住在布加勒斯特的议会宫里(建筑面积36万平方米)。拿件夹克半分钟就够了。但是前提是要抬脚走路。但是青春期动物都不动,至少看不出来动。

卡拉在休息、松弛、放松、减压、放空自己、消磨时间、什么也不干这些方面,非常出色。这不是同一件事的七种变体,而是,按照卡拉的话说,不同的事情,对此,我的理解能力有限。卡拉却认为,不仅是她,连我也不太正常。也许她说的有道理。随着年纪的增长,我越来越勤奋了。其实挺可怕的,因为我完全能回忆起当年我跟我父母的对话,他们曾批评我"毫无意义地犯懒"、"对什么都没兴趣"、"像植物一样消磨时间"。在1980年,我听着这一切,给自己泡了杯茶,想放松一下。当时的我至少跟卡拉一样可恶。但是,我是不会跟她承认这些的。

我当然知道,这一切都是因为荷尔蒙和这个可怕成长期。但是目前,我无法设想,我们家这个冷血的两栖动物,某一天会变成一个充满热情的、聪明伶俐的人,会对社会有用,会做自己本不喜欢的事情并且能善始善终。

不久前有一次,她找我说,她不会煮鸡蛋,因为她不知道该什么时候把鸡蛋放进水里。我告诉她,可以直接把鸡蛋放进冷水里,也可以等水烧开再放进去。一刻钟后,她又来了,问水多长时间才能烧开。我去厨房一看才发现,她根本没开火。我还以为都快煮熟了呢。一个做医生的朋友给我解释说,这是神经键短路的典型例证。不过这很常见。

昨天晚上我正要上床,突然听到一个微

弱的声音。那个声音在叫我，非常急切。于是我走到我女儿的房间，她躺在床上看着我，那眼神，就像是一个塔利班领导人的面部表情配上小鹿斑比的眼神。她问我能不能把那书桌上的杯子端给她。她为了不自己起来拿杯子，居然一直等着有人从她门口经过。我说她脑子有病。她回答说，她患上了阿斯伯格综合征，连最简单的事情都做不了。我跟她说，她最多是患上了盖恩斯综合征，然后给她讲了那个《疯狂幽默》出版人坐轮椅的故事。她回答说："这太好玩了。不过你既然已经到我房间了，那就能把书桌上的杯子递给我。"我当时惊呆了，竟然真的把杯子递给她了。然后她说："好了，你走吧。"

有时候，我觉得我对付不了我女儿。

啮齿目-茶少女①

有时候我生女儿的气。我知道这不好,还会引起冲突。但是,有时候招惹一只青春期动物也挺有意思的。他们会立刻窜起来,爆炸成五彩斑斓。

比如,在她读《哈利波特》最后一册时,我就一天问她十遍,那个邪恶的"卧地魔"死了没有。"他叫伏地魔,伏地魔,伏地魔!"最后她会不厌其烦地喊起来。我讨厌吧?可能。

或者我故意拿那个漂亮的美国歌星布鲁诺·马尔斯开玩笑,气她。有一段时间,她的

---

① 此处为文字游戏:Teenager本指13-19岁的少年,作者有意分开成Tee- Nagerin,成为两个德语词的组合,Tee是茶的意思,Nager是啮齿目动物。

房间里挂满了布鲁诺的大幅照片。那是在那个弱智的吸血鬼之后。反正是各种年轻男人轮换着来来往往,尽管只是2D的、挂在墙上的图片。无所谓了。我觉得这个布鲁诺还没那么恶心,那我也得常常挤对挤对他。比如:"为什么布鲁诺·马尔斯不叫布鲁诺·士力架?因为他没有花生米!"卡拉第一次听就不觉得好笑。其实,我开这种玩笑,只是因为我觉得她的反应极其酷。她会站到我面前,非常严肃地说:"是的,爸爸。就是这样的。我都快笑得肚子爆炸了。"

不过作为报复,她也会气我的。前一阵,我有一次拒绝开车送她去斯图加特参加反对修建火车站的游行,她狠狠地回击我,说我是真正的"阻挡革命车轮的牛虻"。这对一个十三岁就开始参加示威游行的人来说——尽管她那时候根本搞不清楚为什么游行——是个巨大的羞辱。

不久前我跟她一起收拾衣服。不是她的,是我的衣服。她找出三件衬衫,说我要是穿上会像个屌丝。还有一条裤子她也无法忍受。"求你了,千万别穿着这东西去学校接我。"她满脸厌恶地请求道。不过,我们要是不互相怄气的话,还是相处得挺好的,卡拉和我。

我怎么觉得她刚出生没多久,就过十三岁生日了。这是一个非常重要的事件,因为从此她就成了吵吵闹闹的少女。我很兴奋,早上做了一个图画谜。我在一张纸上画了一个茶包和一只老鼠,然后写上:"哈罗。"我把画贴在卫生间的镜子上。她拿着画走到早餐桌旁问,这又是什么东东。她可能又以为这是对她的人身攻击。我给她讲,这是画谜,但是她看不明白。"你看啊,这个字是茶,这个字是啮齿目动物。合起来就是啮齿目—茶少女。"我说。"啊哈!"她表现出适度的兴奋。"那请问你为什么画了一个苍蝇拍和一头猪呢？"一瞬间我觉得很受伤,尽管我不得不承认,我画的所有动物都像猪。除非我画的是鸟。不过它们又会像母鸡。

早饭后,卡拉宣布,她邀请了十位同学下午来家里。"来参加儿童生日庆典？"我欢呼道。"不是,是来休息。"她说。然后,她交给我一个购物清单,还说,同学们中的大部分要在我们家过夜,至少三男四女。他们自己带睡袋,都在她房间里,会很舒适的。鉴于她房间的大小,我认为,他们在那里会非常非常舒适的。这其实不过是个观点问题。我问,"卧地魔"是不是也被邀请了,脑袋上立刻被面包砸了一下。

然后我去购物。我买了购物单上所有东西,除了甜酒,不过我认为,卡拉之所以写上甜酒,只是想测试一下她这个"阻挡革命的牛蝇"老爸的糊涂程度。我回到家时,她正在厨房搅和一口大锅。墨西哥辣椒肉末汤。"不做点心?"我随口问道,她解释说,她做的这是夜宵。之后,她长篇大论地给我们讲,不管她的房间里发出什么声音,都不希望我们出现。她希望,我们这一次要像真正很酷的父母那样举止得当。我们小心翼翼地点头称是,这时,门铃响了。第一批客人驾到。

他们都带着睡袋,他们为过夜所带的装备,就像莱因霍尔德·梅斯纳尔[①]为攀登南迦帕尔巴特峰做的准备一样充足,尽管他们的给养似乎不太适应高原要求。薯片塑料袋会在高原炸裂的。对我的这个重要提示,这些年轻人只是耸耸肩,然后带着他们的一堆乱七八糟的东西上楼找我女儿去了。

根据我透过关着的房门判断,他们在楼

---

① 意大利著名登山家。

上也没玩儿出什么出格的把戏。卡拉下载了《欢乐合唱团》全剧,可以在笔记本电脑上看。我的第一反应是:多无聊。多庸俗。连一点儿侦探或者至少荷尔蒙的激情都没有。不过我很快就想明白了,这是十三岁生日,不是十六岁,所以,我就忍住没有说出对他们生日会计划的批评。

后来,我听到有压抑着的谈话声和窃笑声还有家具挪动的声音。中间门铃还响了几次,新来的人受到了如同战争凯旋英雄般的欢呼,期间不断有人一路小跑着去卫生间。傍晚时分,我把这群孩子引诱(用电话!)到厨房,给他们端出披萨饼,这一超酷的举动受到他们严重肯定,我女儿向我投来赞许的目光。这些女士和先生吃了大概一个小时,然后又回到他们的营地,懒散地缩在那里。

萨拉和我坐在他们楼下的客厅里,抬头

看着天花板。

"他们可以跳跳舞啊",萨拉说。

"是啊,或者偷偷抽烟",我说。

"或者拌嘴",萨拉说。

然后,事情就发生了。一阵争吵声。终于! 都还活着呢! 我们听到重重的关门声和跺脚声,然后又是关门声和锁门声。有人把自己关在厕所里了。我过去打探情况。卫生间门外站着四个客人和我们家的青春期动物。我问谁在里面,卡拉告诉我,是婕妮,她不高兴了。婕妮是个胖乎乎的女孩儿。脸长得很漂亮,但是身材壮硕。

婕妮在厕所里待了四十五分钟,当然,我存放在里面的那些好看的旧漫画书肯定起了重要作用。当她终于打开门锁,满脸泪水地出现在大家面前时,所有青春期动物都迎过来,拥抱她安慰她。只有莫里茨没动,他坐在楼梯上,看上去像联邦议会选举失败后的菲利普·罗斯勒①一样沮丧。

后来,我通过一系列调查研究(在脸书上)终于搞清楚,他们之间发生了什么。情况是这样的,卡拉说:"婕妮和我是真正的铁磁铁磁的朋友。"结果莫里茨就大笑着说:"是铁沉铁沉的吧!"然后婕妮就冲出房间。然后其他人就责怪莫里茨,因为当着大家的面这么揭婕妮的短,实在是太恶劣。

不过后来又都好了。夜里,我们没听到什么动静,就是西蒙吐了,乱七八糟的东西吃太多了。但是他们一起给打扫干净了。第二天早上,我为卡拉和她的同伙们准备了早餐,他们陆续懒懒散散地出现了。都不说话。我问他们昨晚折腾到什么时候,他们说,最晚的坚持到早上七点。我虽然还能回忆起当年也

---

① 前德国自民党主席,曾任联邦副总理。2013年联邦选举中,自民党未进入联邦议会,罗斯勒引咎辞去党主席职务。

是这么"作"的,但已经不能理解他们了。我本人现在非常喜欢睡觉。

我问了一圈,有没有人想喝一杯热可可,莫里茨反问,能不能喝杯拿铁玛琪雅朵。所有人都附和。于是,我好不容易挣得的那点可怜的酷爸指数顷刻间几乎降到零点。

青春期动物实验室 1：叫醒服务

根据我个人对于青春期动物社会行为的长期研究，您现在读到的是关于"如何叫醒一个十四岁女生"的调研报告。相关的一系列测试已经进行了很长一段时间，我也获得了各种信息。这里是上星期四的记录：

如以往一样，被测试者是在整 7 点时由实验负责人亲自去叫早的。在这个时间，德国百分之八十的人已经匆匆忙忙地穿梭在卫生间、厨房和地铁站之间了。剩下的百分之二十，或者是没有需要起床的理由，或者他们没法起床，或者他们处于青春期。

实验负责人第一次采取的叫醒措施是打开总开关，彻底照亮实验室。青春期动物对此毫无反应，因为她百分之九十二的可能是缩在被子下面的。实验负责人于是朝床边走去,但是被手机充电线绊了一下。他尽力让自己不要失去平衡,左手扶到了好像是一块涂了护手霜的海绵,或者是一块吃剩的奶酪蛋糕上。实验负责人感到很恶心,决定在这种情况下,放弃到床边的打算。于是,他用欢快的语调喊道:"7点了,太阳笑,赶快起来吧。"为这句每天早上都要重复的话,他以后将受到的惩罚是,他住进养老院后,女儿不会去探望他。实验负责人一边煮咖啡,一边对之前的实验过程进行记录。

由于之前的叫醒尝试显然没有成功,他本着科学的精神,于7:08再次开始了实验程序。青春期动物还在沉沉地睡着。实验负责人清理开路途上的脏衣服、杂志、文具、行头等,坐到床边,挠青春期动物的耳朵。这么做很可能给他带来危险,以前他得到的回答都是嘟囔,也有时候是骂声或者漫无目的的一通乱打。

青春期动物晚间进食情况急需检查,以便确定她早晨起床没好气程度不同的原因。捏鼻子、揪耳朵、挠脚心的方法一直以来效果都不好,而且遭到了青春期动物的坚决拒绝。于是,实验负责人再次要求起床,否则这一天就过去了。

7:14,第三次叫醒尝试使用了挠后脖子的方法。但是结果只是听到青春期动物舒服的哼哼声,7:18的口头威胁也没有作用。

实验负责人宣称要用冷水逼青春期动物起床,遭到被测试者的野蛮抗议。实验负责人于是在7:21用冷水浸湿了一块抹布,走进实验室,往青春期动物脸上拧水。千分之十二秒之后,被测试者做出了令人惊讶的爆发式行动,她一把掀开被子,跳将起来,拿着枕头砸向科学家。科学家往后退去,再次被那根可恶的充电线绊到。青春期动物嘟囔着从

他身边冲过,消失在卫生间。实验负责人记录:青春期动物眼睛睁开着,发脾气。她醒了。

7:29,实验负责人叫青春期动物,告诉她早饭已经放在桌上了。她必须一分钟之内过来,而且校车马上要开了。

7:33,已经到了忍耐极限的实验负责人出现在实验室。青春期动物又躺下了。实验负责人在此中断了实验,他掀开被子,说了一些与科学家形象不相符的话。之后,已经穿好衣服的青春期动物起来,在责骂声中离开了家。

奇怪的是,她从没误过校车。为了这个不可理解的现象,实验负责人计划着另一个研究系列。

压力下的莫里茨

当她钟爱的骏马图片突然从房间消失时,我们明显感觉到,一个文化转向正在发生。这是一个女孩子生命中非常重要的时刻,因为在此之前,她的女性荷尔蒙全部倾注在这种大型动物身上,这种动物能用它的尾巴轰赶苍蝇,你拿着一个胡萝卜接近它时,它会发出一种很独特的声音。

骑着一匹阿拉伯马跨越围栏,在落日的余晖中信马由缰,她的这些想象都变得苍白了,最终,《温迪》①被爱德华取代,爱德华是《暮光之城》中一个面色惨白、有那么点儿像马的永远不老的吸血鬼。他的海报不仅挂满

---

① 一本关于马的杂志。

了卡拉房间的墙,而且成了她的屏保。她的屏保是一块墓碑,上面是充满激情的吸血鬼爱德华·卡伦的画像,他让所有女孩儿高兴的是,只吸动物的血,所以毫无危险——除非爱上他的女孩儿有马。

但是,不只是2D的海报男生,真正的、活生生的男孩也慢慢开始在我们家扮演越来越重要的角色了。可惜卡拉刚开始一个都没跟我提过,所以我没机会用一些刁钻的问题去折磨他,当然也是因为除了打电话,也没什么别的事情发生。所以,如果卡拉跟男孩说:"嘿,我给你简单介绍下我爸,好让他能问你,你爸投票给了哪个党,好吗?"这就显得有点儿怪。

我当然无比好奇地想知道,我女儿咻咻笑着跟男孩在电话里都说些什么。所以我就在她周围转悠,但是卡拉明白我的企图,她就把声音压到最低说话。你得长着蝙蝠一样的耳朵才能听清楚细节。不过,我耳朵欠缺的,可以用我的敏锐感觉弥补。如果能帮助搞清真相,我能变身为美国监听站。

您可能会气愤地指责我,说我女儿的私人生活与我无关,不过这您只说对了一半。如果父亲太不关心孩子,会导致严重的后果和高昂的心理治疗费用。我可不想这样,所以我持续关注她成长过程中的最新状态。经常读一读现下流行的杂志是个不错的方法。

于是,我站在厨房,翻阅着女儿的杂志《真棒》。太无聊了。全都是贾斯汀·比伯和蕾哈娜。假如我的青少年时代也这么没意义,我可能就走歪路了。就像马克斯·赖特,他就是那个当年在电视连续剧《家有阿福》中扮演庸俗的威利·唐纳的演员。网上有他的照片,大烟鬼的苍白面色,跟充满野性的小伙子鬼混。这就是年轻时候过于乖巧听话的结果。

我读了所有跟她交谈必须知道的信息——克里斯汀又换了一种头发颜色,斯蒂芬妮患上了吸血鬼综合征,尼克约会乐团女同事——我放下杂志,去找卡拉。她正坐在客厅跟莫里茨打电话,没发现我。于是,我听到了如下宣判:"我爸有时候也极其烦人。"这样啊。等等!爸爸?说我呢!太不像话了!我继续听下去,见证了他们关于两人之间关系的一段讨论。

莫里茨显然在我女儿面前有压力。她反正是在没完没了地训他,因为他在她说话的时候,他打哈欠了,这太不好了。

跟这个话题有关,我不久前正好在报纸上看到一个非常漂亮的名字:Ponniah Thirumalaikolundusubramanian。这位 Thirumalaikolundusubramanian 先生是位印度外科医生,他在打哈欠的课题研究上获得了新的进展,他名字的长度不重要,重要的是他的观察结果:他认为,打哈欠是由大脑中原始的区域控制的。猴子打哈欠,狗打哈欠,鱼肯定是不打哈欠的。我也打哈欠,但是我的大脑非常注意,让我不要在不合适的时间打哈欠,特别是不要出声地打哈欠。我肯定不是原始的打哈欠者。我是绝对进化的打哈欠者,而且我非常努力,从不在我妻子说话的时候打哈欠。在这一点上,我可以给莫里茨做个榜样:在女人说话的时候,绝不打哈欠。

卡拉结束了电话,发现我站在门外。我被发现了,所以脑子有点短路,我本想在她情绪不好的时候鼓励她,就用了刚从《真棒》上看来的词汇。我问:"怎么了？牛B大明星？"她一边用靠垫砸我的头一边嚷嚷,大概意思是:"爸爸。太恶心了。以后再也不许这么说了,太令人作呕了。"

几天后,事情又恢复正常了,莫里茨邀请卡拉去看电影,我认为他做得很聪明,因为在电影院里，就算打哈欠，别人也看不清。我女儿爱情生活中的这个转折，我也是通过探索研究得知的：她在隔壁房间跟莫里茨打电话的时候，我在门外假装系鞋带系了六分钟。总之，我得假装我不知道他们去电影院的事。我的言行必须非常谨慎。而其实，我的好奇心把我憋得都要爆炸了。

晚饭时，我像奥巴马谈论某国人权问题一样，小心翼翼地挑起这个话题，我问："卡拉，莫里茨和你，你们现在又在一起了？"她喝了一口苹果水，把头一歪说："个人隐私。"我等了一分钟。"哎，他吻过你吗？"她的反应很激烈："爸爸！"这当然是个聪明的回答，因为这既可能意味着："当然了，你这个白痴！"也同样可能是："当然没有了，你这个白痴！"所以，我继续问："是舌吻吗？"她回答说："天呐，爸爸。我们可不是变态狂！"

我想：一切都正常，没必要惊慌。

酷孩儿有了卡恩的下巴

是谁这么晚了还在黑夜和风中行驶？是我，带着我孩子的牙箍。①一段时间以来，我经常晚上要开车出门，给我女儿——如果她在别处过夜的话——送牙箍。我是牙箍使者，是下颚正畸医生的仆人，是牙科仆役。卡拉很喜欢在上床睡觉前忘记带牙箍，特别是，如果她不在家过夜的话，就更会忘记。就像刚才提到的那个星期五，卡拉决定在莫里茨家过夜。这时还没有什么一定需要监督的事情，除了牙箍。

根据一个权威下颚正畸医生的建议，三个月以来，卡拉应每天睡觉前带上牙箍，因为

---

① 这两句是戏仿歌德的诗《魔王》中的前两句。

这样才能避免对容貌造成的不良影响。这主要是出于社交的考虑。如今,牙齿如果不齐就不可能征服世界。我为孩子感到心疼,因为她很可能要几年的时间嘴里带着半斤重的铁丝,但是我们的青春期动物却根本没有哭闹反抗,而是像贝克尔①那样握拳喊道:"好!"

后来我明白了,她非常想戴牙箍,因为牙箍是青春期继续发展的象征。就像青春痘一样,五月份,她欣喜地发现脸上出现了第一个青春痘。谁的牙歪了,或者脸上有了痘痘,那就意味着他在生活中已经做到了什么,她的欢呼大概应该这样理解。这让我很感动,并且想起我十四岁时第一次刮胡子。虽然我那时候还没长胡子,但我希望,只要我一刮胡子,它就会开始生长。

牙箍一到我们家,卡拉就演示给我们看。她费劲地带上牙箍,那个东西把她的嘴

---

① 著名网球运动员,得分时经常握拳喊好。

里面撑起来,她的下颚部位看起来有点儿像奥利弗·卡恩①。我忍不住大笑起来。她含着牙箍含混不清地说:"别绕(闹)了,申(真)无鸟(聊)!"我笑得更厉害了,真不好意思。然后她摘下那东西,嘴里留着口水嚷嚷说,带假牙不是什么舒服的事,她希望能从自己的父亲那里得到支持。她说得对,虽然牙箍不是假牙。

卡拉的牙箍改变了我们的生活,突然之间,我们的一切都只围着这个昂贵的嚼子转了。我怀疑我女儿故意掰弯它,这样戴着疼,她就不用戴了。她不承认,但是,她最开始的欣喜很快就让位于冷静的现实了。

我们家就只剩下一个居民真正喜欢牙箍:我们的狗。狗喜欢牙箍,但它们不是要戴上牙箍为自己的牙整形,而是为了咬坏它,这样我们就不得不再去配一副新的牙箍。这狗

---

① 前德国足球队门将。

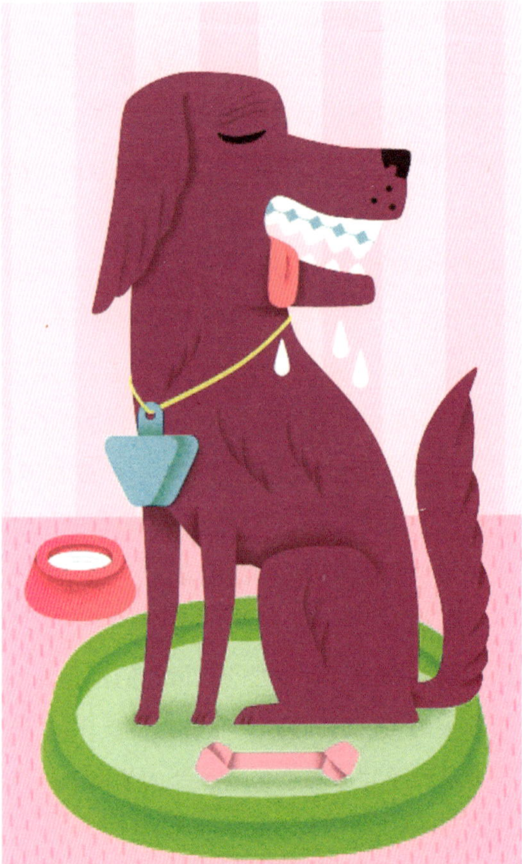

很可能是下颚整形职业协会的守护神。它保证协会成员的生意源源不断。

不久前,我家又举办了一次规模比较大的聚会。22:30左右,七个女生中的五个同时戴上了牙箍,之后又用一种带着口水的秘密语言聊了两个小时。总之,她们这次居然全都带着各自的牙箍,平常可不是这样的。通常,23:30左右,门铃就会先后响起,是家长们来给孩子们送有意或无意被忘在家里的牙箍了。

上星期五,我反正是又为这事儿出门了。我停好车,拿起放在副驾驶座位上的盒子,按门铃。莫里茨的父亲开门,我把盒子递给他。他接过盒子,会心地点点头,然后我转身离开。同年龄青春期动物们的父亲们,相互理解,不需要语言。

大门关上之前,我听到我女儿的声音:"哎呀,我爸也太不酷了吧。"

不酷,是的,但是我的牙整齐。

梦中父亲

学校和青少年心理学家强调说,在对年轻人的教育中,最重要的是,要始终保持与孩子们的接触。交流是王道,他们说。家长应该说、说,不停地说,有必要的话说上十八年。我试着这么做过。但目前的结果令人沮丧,因为我说,我的孩子沉默以对。

麻烦是从我们一起吃午饭开始的。很多德国家庭每天都一起吃午饭。但是我们家的气氛有点儿奇怪。虽然没人不高兴,但就是没人说话。我不喜欢大家闷头吃饭。我想唠叨。于是,我给孩子们提了一个问题,一个没什么重要意义的问题,只为让大家在吃饭的时候有个话题聊聊。

"假设哈,如果没有我的话,你们最想让

谁做你们的父亲?"我想,这是最适合吃饭时谈论的话题,并且暗暗希望,我的孩子们会说,除了我,他们想象不出谁能做他们的父亲。父亲们都是这样的,至少有些是这样的,比如我。

萨拉觉得这个问题很有趣,孩子们开始考虑,我们的儿子尼克很快就大声回答:"霍默·辛普森①!"我认为他选的不错。霍默·辛普森是个蠢货,不过很搞笑。

卡拉考虑了比较长的时间,然后说:"我想要蒂尔·施威格②当父亲!"我认为这家伙跟辛普森一样蠢,而且一点儿也不搞笑。可他据说是拍喜剧的。

"为什么偏偏是他呢?"我气愤地问。她要是说本·斯蒂勒③,我觉得也还凑合了,或者

---

① 美国动画情景喜剧《辛普森一家》中的人物。
② 德国著名演员和导演。
③ 美国演员。

尤尔根·克洛普①，只要他不戴那顶难看的帽子。但是蒂尔·施威格？

卡拉一边嚼着沙拉一边解释说，他在电影里的住房都棒极了，而且跟孩子们都相处非常好。

"我也行啊。"我不满地说。

"可是他的眼神太迷人了。"

蒂尔·施威格的眼神迷人！我试着用蒂尔·施威格那样的眼神看人，很和善、很无辜地从下面看，就是让女孩子们心跳加速的那种眼神。

卡拉笑着说："你不行的。"

我告诉她，有一些我会的事情，是那个优雅的施威格先生肯定不行的，卡拉说："没人对这些感兴趣。而且，他长得超帅。"

她说的时候，挑衅性地特别强调"他"这

---

① 德国足球教练。

个字。我觉得受到了侮辱。自找的。不过她说的一点儿没错。

"一个父亲长得好不好,又有什么意义呢?"我自虐似的坚持问道。卡拉送给我同情的一瞥,把她的盘子端进厨房,然后消失在她的房间,去在电话里哧哧笑。或者说哧哧笑着打电话。很可能是谈论我。

我坐着没动,在想我小时候希望谁是我父亲。然后我想起来了:莱克斯·巴克[1],老沙特汉德[2]。1974年他是我的梦想父亲。莱克斯·巴克穿着的兽皮衣服走上战争之路。我的父亲只能穿着西服打着领带去办公室。他没有一点儿能跟巴克比的,他不会扔印第安式战斧,回家后也不会点起篝火,只知道打开电视。

---

[1] 美国演员。
[2] 根据德国畅销书作家卡尔·迈小说改编的西部电影中的主人公,老牛仔形象。

突然之间,我能理解我女儿了。仅仅想象一下,跟蒂尔·施威格在他一部没什么新意、但是很精美的电影里生活,就足以在女孩子的心里成为最浪漫的美好了。尤其是,如果他再用那种从下面看着你的眼神凝望着你。

反正我发现,多数情况下,我们中间,我是那个挑起话题的人。从小女生那里很难获得信息,类似关于蒂尔·施威格的讨论,只会让她更没有聊天的兴趣。尽管如此,我却知道关于她的各种情况,因为我从我女儿的周边着手调查。

比如说我知道,她跟莫里茨之间又不太好了。很大的危机。她已经说了,关系到是否分手的问题。这主要怪她年幼,其实没什么。但是无与伦比地难堪。无与伦比是一个表示程度更高的词,在我们这里刚刚流行。比如,我做的意大利面酱无与伦比。显然,直到昨天之前,莫里茨一直无与伦比。她从来不会跟我讲这些的,因为我不够无与伦比。但是她什么都跟她的闺密们说。而谁跟这些小女生们是朋友呢?对了:我。在脸书上。

不,您别把我当做无赖。我没有千方百计钻进她们的朋友圈。恰好相反。当我刚申请进入脸书讨论圈时,立刻就有一堆要求加好友的申请,其中就有几个卡拉的同学。我觉得很好玩,就点了"接受"。我觉得这样挺好,因为可以通过这种方式跟年轻人接触。

一开始,我跟卡拉的朋友圈在脸书上的互动相当累人。他们不断问我,要不要一起玩一些很无脑的游戏。我是否想跟麦莉·赛勒斯①约会(不想),或者更愿意跟卡梅隆·迪亚茨②(比麦莉·赛勒斯好些),我是否需要旧的《温迪》杂志(肯定不需要)。我从来不回答。

---

①② 美国女演员。

但是然后就出了莫里茨的事。我觉得他还挺好的。他对人很和气,长得也不错,而且就我的判断,他对卡拉也很好。更多的也不能奢求了。有时候他们两人坐在我家厨房,能把我家的冰箱吃得一片狼藉。

不过这种关系可能已经是过去时了,因为那个可怜的家伙又犯了一个大错误。几天前,他顶着一个新发型出现在学校。他原来留着长一点的头发,结果沦为一个想实现自己怪异设计理念的发型师的牺牲品,他现在看上去就像RTL2①台每天下午节目中的人。最后的结果是,这副样子让他患上了甩头精神创伤,因为他不得不经常把这怪异的刘海从脸上甩开。

下午,莉莉安在脸书上问大家对莫里茨新发型的意见。卡拉评论说:"看上去像松鼠

---

① 德国一个私营电视台,下午经常播出一些喜剧电视剧。

皮做的马桶刷。"莫里茨评论:"我这发型可是为你理的。不过我肯定又做错了。"我不假思索地加入讨论:"最愚蠢的事情都是为爱情做的。"然后卡拉写:"再见,爸爸。"

紧接着,她的所有朋友都把我删除了。我给一个学生父亲打电话,他本来也一直在孩子们的朋友圈里。现在他也被踢出来了。我们都被踢出来了。被拉进黑名单了,两代人之间的合同被取消了,这么快就发生了。只有莫里茨没有删除我。我们可以说是真正的朋友。

青春期动物实验室2：钱的问题

在我开始描述青春期动物实验室新的研究结果之前，我想提醒您注意到这项研究中潜在的高风险性。青春期动物是一种很有意思、但同时也可能致命的试验对象。青春期动物会激烈叫骂，会劈头盖脸地乱打或者乱扔甚至乱咬。

下面的实验室报告是实验负责人用最后的墨水记录下来，然后中断了一个月试验进程。他很可能去了一个没有年轻人的地方，比如中部德国广播电台，火星或者巴特赖兴哈尔疗养地。

今天的话题是青春期动物用钱的问题。她要钱没够，而且也确实不够用。所以，每月支付零花钱的时候，都会孕育着冲突，因为青春期动物最晚在一个月的第五天,就会理直气壮地说,她还没拿到零花钱。经过十一分钟的讨论,并且认识到,她什么也骗不到,青春期动物会改变立场,说这个月都快过完了,所以她应该可以领下个月的零花钱了。当这个伎俩也失败后,她就开始诉苦和抱怨。

实验负责人引用了第B76a条论据:"你必须理性地使用你的钱,学会更好地分配钱。"青春期动物对此的反应通常是答辩意见3和5:劳拉父母给她的零花钱更多,我们可以参照她家。或者卡拉指责,实验负责人根本不知道今天的一个青春期动物需要多少钱。

实验负责人能够从青春期动物的话里,计算出实验对象每星期零用钱的支出情况。根据实验规则,青春期动物每星期会从写字台上拿到10欧元,这10欧元是这样花出去的:2欧元借给据说被娇惯成性的青春期动物劳拉,没有利息,而且也不指望她会还。5.7

欧元在学校喝冷热饮和上学路上的零钱交付处(零食店)花了。还有2欧元用来乘短途公交车,因为实验负责人给她买的月票丢了,几年后才在拿到跳蚤市场上卖的旧滑雪靴里找到了。剩下的3毛钱在星期二拿给我们看了,为了说明青春期动物真的弹尽粮绝了。她喋喋不休地坚持要我们增加投资,并且要求马上给她小额现金。

实验负责人有两个选择。让步或者不让步。如果他不让步,会造成青春期动物在比较长的一段时间里情绪低落,就算给她端一杯拿铁玛琪雅朵也没用。相反,如果实验负责人支付一小笔硬币,那他会得到一个吻。

实际实验程序的最后,负责人先是拒绝给钱。十分钟后,他来到实验室,带来一篮子洗好的衣服,还有熨衣板和熨斗。他说,如果两个小时内熨好篮子里的衣服,他就支付10欧元。

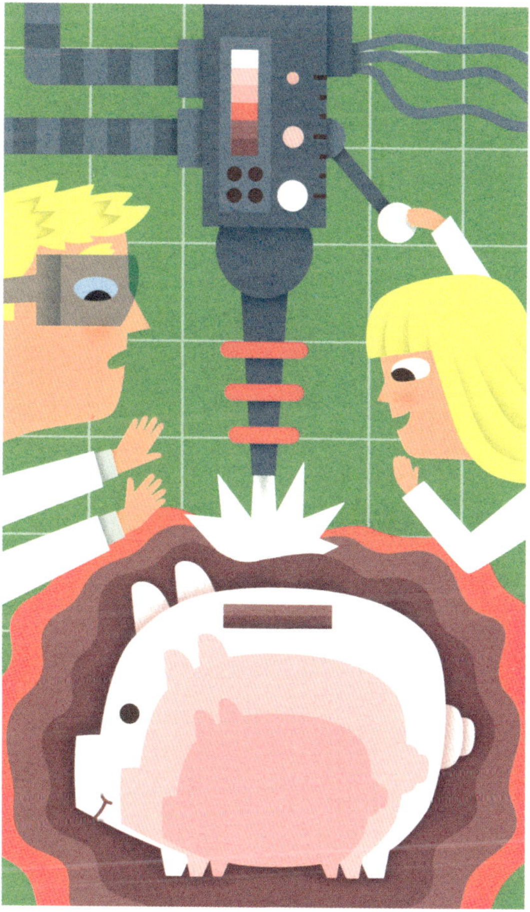

大概四十分钟之后,他去查看了一下,发现青春期动物的金钱需要已经明显倦怠了,同样倦怠的还有实验对象。在熨了一件T恤衫后,她已经睡着了,不需要钱了。

新手适用的费伯法

我们的女儿在变成青春期动物的过程中,比较特别的,是她对物品的价值判断。比如说,我的东西都是不值钱的。她可以把她老爸的CD随便带到什么地方去并遗忘在那里。如果我对此表示不满,说我的CD是我花钱买来的,因为我想保留它们,卡拉就会回答,我不必如此装腔作势,不过是一些不值钱的CD。我女儿的蛮不讲理,已经使我对互联网的免费文化有意见了。

而卡拉为了利用网络的免费文化,希望有一台自己的电脑,她为此开始了省钱计划,并且令人吃惊地坚持下来了。她分别向德国和意大利的祖父母和外祖父母要钱。她还去给别人看护小孩挣钱。为此,她还画了一张求职广告,自称是一个"非常可靠、和善的临时保姆",上面有许多可以撕下来的电话号码小条。我问,她是否得带个人去干活,她觉得我很无聊,就把广告贴在了两家商店里。还真的有人打电话来问了,而且打的是我的办公号码。卡拉在广告上留的是我的办公电话,因为我反正总是在的,而她的手机常常关机。

在经过几次数小时反复考虑后,这个可靠的、和善的少女平生第一份周六晚上临时保姆工作敲定了。一个叫夏安①·夏奇拉的三岁女孩儿,她父母要去听安德莉·贝格②的音乐会还是去俱乐部,我记不太清楚了。但是,能给自己孩子起这种名字的人,周六晚上肯定会干些奇奇怪怪的事。他们需要卡拉从六点半到半夜照顾孩子。我开车送她去,然后

---

① 夏安族是美国大平原的原住民。
② 德国流行歌手,原名安德莉·费伯。

立刻回家来整理我的CD。总有人把我的CD搞得乱七八糟。

大概21点的时候,电话响了。是卡拉。她说她不知道该怎么办了,那个小魔鬼已经喊叫了一个多小时了,就是不睡觉。我建议她给这个夏安·夏奇拉用费伯入睡法。费伯入睡法就是,让孩子哭闹,自己用卫生纸堵住耳朵喝酒,一直到孩子睡着或者警察来敲门。卡拉拒绝了这个建议,请求我过去看看。

我女儿筋疲力尽地给我打开门。她跟我发誓说,夏安·夏奇拉和她一起高高兴兴看了一部给小小孩儿看的很难看的电影。然后就吃晚饭了,之后刷牙,讲故事。然后就这样了。

我打开儿童房的门,夏安·夏奇拉像个火球一样在她床上嚎叫着。她看上去像鬼娃[①],

---

① 美国系列电影。

就是那个布娃娃杀手。

我说:"哈哈,是谁不想睡觉啊?"夏安·夏奇拉嚎叫的声音更大了,脸更红了。

"你看见了吧!她疯了。"我女儿嚷道。

"我们会有办法的。"我自信地说,我的自信来自我手中的塑料袋。我对孩子说:"夏安·夏奇拉,我会让你吃儿童巧克力吃个够。然后还有小熊糖和芬达,只要你能坚持,你就可以不睡觉。"

"我们不能这样。"那个可靠的、和善的少女说。

"那又怎么样? 我们不是她的教育监护人。如果她的父母不愿意让鬼娃——布娃娃杀手——吃儿童巧克力,那他们就应该呆在家里。"

然后我们到客厅里,把所有我刚才来的路上从加油站商店买来的零食全吃光了。夏安·夏奇拉吃糖吃顶了,跳起了兰巴达舞。大概23:40分,她在狂笑一通之后,沉沉睡去,人事不知。按小布什的话说:大功告成。

我把孩子抱回她房间,然后赶紧离开她家在外面盯着,直到那对父母回家。五分钟后,我去按门铃,接女儿回家。夏安·夏奇拉的父母对我女儿赞不绝口。做父亲的都爱听这样的表扬。

卡拉真的把她的报酬的一半给了我。下星期,夏安·夏奇拉的父母要去塞米诺·罗西①的演唱会。太棒了!

---

① 奥地利歌手。

我和玛丽的生活

有时候我觉得自己像汉内斯·克吕格①一样,就是那个唱歌的水手。我醒过来,想:我是一具残躯。这肯定是因为老了。作为残躯,你不得不常常与自身受到的攻击作斗争。这是科学证明了的。

西班牙研究者最近发现了一种以前未知的细菌,这种细菌疯狂侵蚀泰坦尼克沉船的残躯,把它变成了石虱②。研究者把这种细菌命名为"食锈菌"。到目前为止,食锈菌似乎都在水下创造它的可怕作品,但是谁知道呢?残躯就是残躯。也许这种细菌已经开始啃噬我了。必须要保持警醒。

---

① 德国电影《大自由街7号》(1943)中的人物。
② 德国幽默作家罗里奥特虚构的一种啮齿动物。

是的,岁月已经在啃噬我了。举例说,如果你的电话变得比你女儿少了,那你就老了。几个月前,我还可以肯定地说,如果我的电话响了,就是找我的。但是,情况发生了戏剧性的变化,找我的电话数量急剧减少,而找我女儿的电话迅速增加。

有意思的是,电话响时,我们的青春期动物从来不去接。卡拉说,那毕竟是我的电话。所以我去接,找她的。什么马丁啦,露伊瑟啦,棱纳特啦。或者是那个继续追求卡拉的莫里茨。如果将来有一天她离开家了,还会有好几年时间有电话打过来找她的,电话铃就会成为一种幻觉痛。不过大多数情况是,电话会沉默不响,除非我打电话订购乔治·福尔曼桌上烧烤架。

对于卜岁数这件事,我的另外一个认识给我带来了不少麻烦:如果你对一个年轻二十岁的姑娘一见倾心,那你就老了。这我刚刚经历过。

我不像大多数男人那样会在凤凰台看联邦议会辩论,我每周日会看体育1台的足球比赛,因为你知道那里会出现谁吗？没错:玛丽为你买单。她在给一个保险做广告。我不知道那是什么,不过反正也无所谓,对我来说最重要的是玛丽买单。这个广告短片我已经看过大概四千遍了,玛丽还是那么迷人。她是一个能让主教为她跳教堂窗户的女人。

所以我给拍摄这个短片的广告公司打过电话,因为我想知道,能不能请玛丽喝一杯。我可以为此倾家荡产买单,哪怕只剩一条小内裤。这画面当然会很可怕。当我在饭桌上说起这事儿时,卡拉为她老爸的粗俗恶心得连连摇头。但是,首先,研究是我的职业,第二,有尊严的变老也包括,不要因难堪的自我认识而感到绝望,要与家人分担它。

广告公司的回答很令人清醒。跟玛丽接

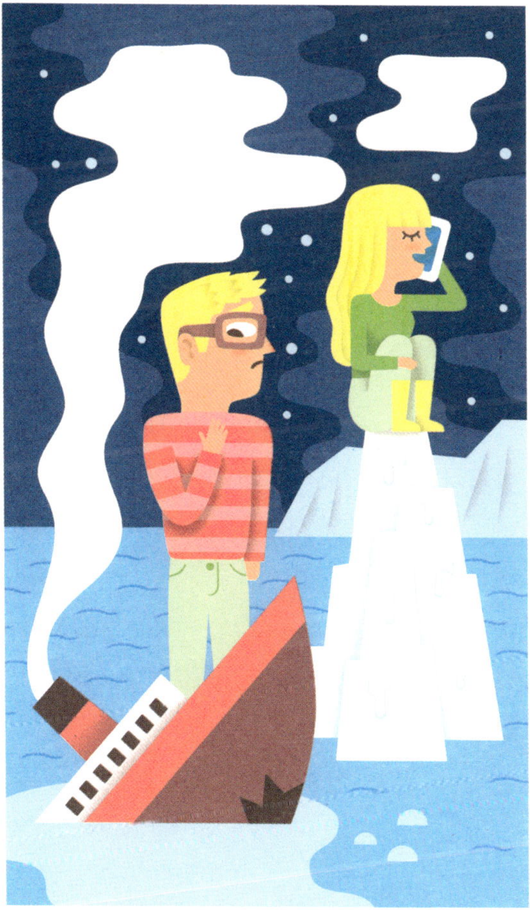

触的想法,首先就会因为语言障碍而失败,因为玛丽是法国演员和芭蕾舞演员。她叫玛丽-阿斯特莉特·雅慕阿,我觉得,她根本不愿意跟一个德国半残老头约会。

在玛丽身边的生活会是什么样呢?她肯定又有很多非常时尚的朋友,她经常跟他们出去。有时候她会在某个俄罗斯寡头的游艇上过周末。我被允许一起去。她给我买了一件麻花辫针法的毛衣,教我该怎样向从我身边走过的凯特·莫斯和吉赛尔·邦辰①举杯致意。后来,女孩子们在卫生间聊天,凯特·莫斯对吉赛尔·邦辰说:

"你看见玛丽-阿斯特莉特·雅慕阿了吗?她又把那个德国老男人带来了。她图他什么啊?"

"不明白。你发现没有,他驼背!"

---

① 两人都是顶级模特。

"驼背?"

"是啊,亲爱的。他身上长了食锈菌,正像沉船残骸一样,被啃成碎屑。"

嗯,我认为,如果跟玛丽在一起会是这样的话,我宁肯宅在家里,电视里一出现玛丽买单,我就换台。谁愿意成为一个青春期动物和两个超级名模的讽刺对象呢?

戈麦斯和紫藤

人们摸索着度过自己孩子的青春期,过了一段时间才明白,这段时间有可能比第二次世界大战更长。不久前我读到,十八岁时青春期才真正结束。有些人的青春期甚至持续几十年,比如小布什、洛塔·马特乌斯①和迪特·博伦②。

在这种背景下,必须每天想办法让自己过得最舒服。比如说,去建材市场买一副防噪声耳套,吃午饭时戴上。这样,你就可以光看见对方嘴巴动,听不到声音。这是一种可能性。另一种可能性是,心情愉悦、满怀期望地加入青春期动物的谈话中去,享受它。我

---

① 德国足球运动员。
② 德国音乐人。

就是这么做的,如果我情绪好的话。

跟我女儿的讨论,现在已经具有了宏大叙事的规模。现在的话题都是所谓的大整体,也就是关于整个混蛋体制 —— 关于我作为这个体制的狗腿子和象征:我不断遭到谴责。

比如对我做的鸡蛋的批评。我每天都做鸡蛋。周末做煎荷包蛋,平时做炒蛋或者水煮蛋或者其他各种蛋。上周,卡拉一边不高兴地戳着煎蛋,一边说,莫里茨的爸爸煎蛋比我做的好,就像埃里希·维茨曼那么好。我马上纠正她说,她说的应该是埃卡特·维茨希曼[1]吧。她斜了我一眼说,名字不是问题的关键。

然后,她讲述说,莫里茨的父亲先把蛋清打到平底锅里,温火加热,然后加盐,最后才慢慢把蛋黄倒上去煎熟。味道棒极了。我看着我做的像橡胶一样的荷包蛋,顿时无比沮

---

[1] 奥地利著名厨师,美食家。

丧。好吧好吧,我想,你突然觉得我做的蛋不好吃了呗。只不过,这种受伤的感觉不能让别人发现。

我们家的聚餐基本上是以我们青春期动物的情绪爆炸结束的。专家们说,这是很正常的,许多家庭都有这样的习俗。昨天的晚餐如同上周每天晚上一样,是以讨论卡拉的生日计划开始的,虽然她的生日在九月,但是青春期动物认为,讨论宾客名单的问题,永远都不嫌早。另外,她想提前六个月清除我为喝酒问题设置的障碍。在这方面,她并非没有进展,我必须允许她。

上星期二,我对喝酒问题简洁而坚定地表示了"不行"。我认为,十四岁可以喝可乐。星期三、星期四和星期五的讨论,我们已经达成协议,每个年满十四岁的客人可以喝一小瓶啤酒。

这是我女儿的下一个花招:卡拉认为,必

须给不喜欢啤酒的人准备甜酒。我示意她脑子进水了。我说,他们可以往啤酒里兑可乐,就成了甜酒了。卡拉认为这不公平。她说,对于那些还有完整的正义感的人而言,这个世界满是龌龊。她讲了脸书上一张合成的照片。照片上是一个被开除的超市收银员和一个离职的联邦总统。收银员在工作三十一年之后被无限期解雇,原因是她私自窝藏了两张优惠券;前总统在无所事事的两年任期后,每年领二十万欧元的退休金。这就是不公平,卡拉尖叫着。

我告诉她,这个社会内部,必须有区别。另外,没人拦着那个收银员去成为联邦总统,或者总统夫人。只有那样,她才能得到免费甜酒,并且能去佩尼①超市兑换优惠券。这可能显得不公平,但是整个产业就是以此为

---

① 德国一个廉价连锁超市。

生。如果真的是在规则面前一视同仁,那些媒体又去报道谁呢?而且,某些岗位就是因为有好处才被设立的。否则,如果只有坏处,谁还会去当总统呢?这不是很自然的道理吗?

卡拉对此不满意。我告诉她,家里不允许有甜酒,带押金的瓶装的也不许,她勃然大怒。作为替代,我建议,我自己给他们做一种波列酒。她开始同意了,后来突然反应过来,我很可能会糊弄他们,不往波列酒里添加他们所希望的酒精。她的怀疑完全正确。嘭!我们的女儿爆炸了,然后,她剩余的怒火消失在她的房间里了。

我们其他人继续吃饭。我们的儿子尼克挑起了一个新的话题。其实就是他没完没了谈论的《星球大战》。他毕生的话题。他十一岁了,他跟朋友交换搜集的贴画,他读小说,他对与《星球大战》有关的一切了如指掌。但是,有一件事让他百思不得其解。是关于《星战前传》第四集的,也就是最早拍摄的那集。那集里,莉亚公主派机器人R2-D2带着3D录像信息到塔图因星球去。R2-D2看起来像格里高尔·居西①的脑袋。您记得的。不管他了。反正欧比-旺·肯诺比和卢克·天行者看了莉亚公主的这个信息。它是有害的(信息,不是公主),所以出来很多次。

尼克胡乱戳着他的冰淇淋说:"公主为什么用救生舱把R2-D2送到那个星球上去呢?这多麻烦啊。"我问他什么意思。他说:"她为什么不像每个普通人一样,发个电子邮件或者短信,或者微信?"是的。这就是那些你不知道该怎么回答的问题。

一直有个很突出的问题是:女儿和父亲对环境的不同看法。迄今为止,这个所有德

---

① 德国左翼党前领导人。

国家庭的棘手问题,没有被科学观察纳入研究范围。有可能是因为科学家们也是父亲,都像我一样一直害怕跟他们的青春期动物发生冲突,所以宁愿躲进实验室里。或者森林里。在那里,学者们可以研究树木,得出客观的成果。不久前我读到,一棵树冠直径12米的榉树,树叶表面积的和能达到大约15000平方米。这大约相当于符合欧洲杯标准的、包括教练和替补席的两个足球场的面积。太神奇了,他们怎么算出来的?

你设想一下,一个植物研究者,把树叶一片一片摆满两个足球场。每隔十四分钟就会刮起一阵风,他又得从头开始。晚上回家他讲述自己的工作,他女儿肯定会说:"有病啊,一整天干这种无聊的事。"或者:"哪个鬼会对这些傻树叶感兴趣?"这时候我就能替那个可怜的科学家回答:"我。"因为我就是家里那个白痴,每年都会把落叶收集起来倒掉。我每每问自己,这些树叶覆盖的面积会有多大呢?现在我知道了,这温暖了我这个成年人的心灵。衷心感谢你们,绝望的科学家父亲们。

我们的女儿卡拉对于本地的植物与父亲的情绪之间的关系毫不关心。我们生活在两个不同的世界里。在卡拉的世界里,人在23点时还会感到饿,于是就会把厨房洗劫一空。在她的世界里,早上7:50迅速画上眼线,然后像高滚鸭①一样一边叫骂着一边去追校车,是非常平常的事情。在她的世界里,可以一边打电话,一边网聊,一边听音乐,一边接待客人,同时还能做作业。在她的世界里,会嘲笑思考落叶的父亲。

但是我们会为完全不同的事情生气。今天早上就是这样,当时她瞟了一眼我手里的

---

① 女巫,唐老鸭的死敌。

报纸,然后就宣称阿联酋政府疯了。

阿联酋政府判处了一个十五岁男孩监禁,因为他亲吻了一个十三岁的女孩。卡拉认为这事不可思议。我不这么认为。阿布扎比的法律也是由父亲们制定的,如果有满脸粉刺的小流氓骚扰他们的女儿,他们会做出强有力的回击。

我带着夸张的气愤地说:"如果我抓到你跟这么个小混混在一起,我会变身为阿拉伯内政部长。"卡拉没有如我所预测做出出离愤怒的反应。而是出乎我意料地亲了我一下说:"你真可爱。"然后她画了下眼线,飞快地追校车去了。有时候,我完全无法预料她的行为。

但是,她反正是非常喜欢辩论,而且特别喜欢就那些她完全不懂、但是又刺激了她的事情进行辩论。比如,几个星期以来,卡拉对爬满我家外墙的紫藤的极度不满。她发牢骚说她受不了这个东西。这个东西又傻又丑又没意义。就像蚊子和李子蛋糕一样。说蚊子我还能理解,但是我对糕点和无辜的爬藤还是很尊重的。

但尽管如此,我很喜欢卡拉发表的仇恨宣言,除非是在我要读书的时候,就像上星期天。当时,本来在屋里溜达的、我的天敌卡拉一屁股坐到我身边,立刻开始发牢骚:

"太气人了,像戈麦斯这种家伙能挣那么多钱。"她弟弟告诉她说,拜仁的那个前锋年薪有六百万欧元。大概估计。

"这有什么气人的?"我问。

"这家伙一个月挣的,比一个护士十年挣的都多,可他没有为人类做出任何贡献。"

好吧,这里面是有些不太公平的地方,没错。但是,另一方面,一个护士的杰出贡献也不会在电视里直播,因为它不会引起群情激动和一波一波的人浪。

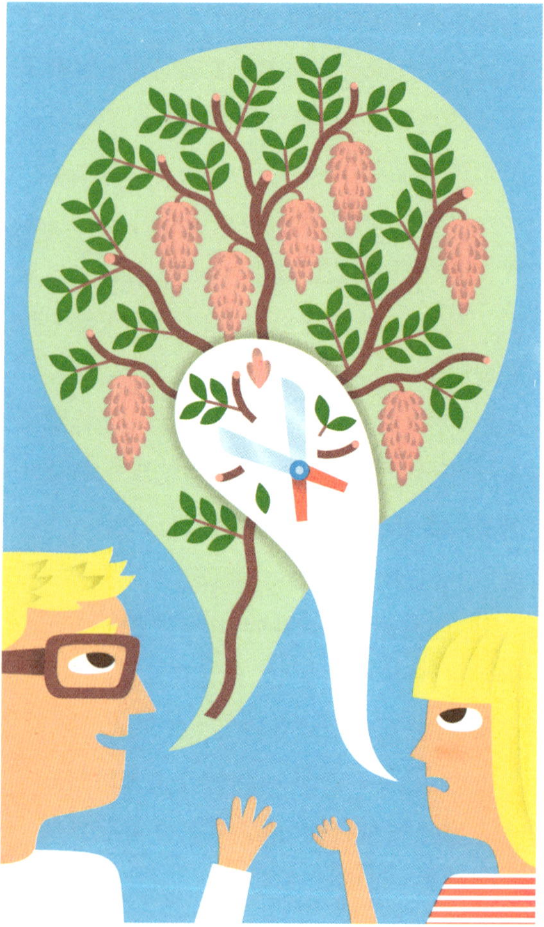

我尝试着给我那固执的青春期动物解释,戈麦斯先生用他的方式为人类做出了很多贡献,特别是为球迷们,这也很好。她对我的辩护充耳不闻,包括我说的,马里奥·戈麦斯很可能为很多有意义的事情捐过许多钱,其实我并不知道,但是我希望是这样的。

"整个足球,包括球员和球场和全部体育报道产业,都是无聊而且恐怖。"她嚷嚷道。这也包括女子足球。"女子足球"这个叫法就很有问题。为什么不是女士足球?网球不就是这么叫的吗?还有手表、鞋、时装和自行车,都是冠以女士。卡拉的论点是,凡是好事情,前缀都是女士,而不太好的事情就叫女子①什么什么,比如:女子收容所,女子监狱,女性小说,女子足球。

我提醒她注意,也有正面意义的词前缀

---

① 女子对应德语中的Frau,女士对应Dame。

是女子的,比如女权主义者,还有必不可少的妇科医生,反过来,德语中有女士唇毛,没有说女子唇毛的。另外,在其他组合词中,也有许多解释不清的例子,比如大学生这个词。大学生们很喜欢出大学学生报——这个叫法听起来有点啰嗦——并且在大学生酒馆出售。反正我还没听说过"大学学生酒馆"这个词,甜食这个词的字面意思是"大学生饲料",没听说叫"大学学生饲料"的。

谈话出现了一个间歇,我接着看我的书。卡拉在我身边又坐了一分钟,然后起身走了,因为她感觉到,我不玩儿了。她一边走一边小声说:"紫藤就是爬藤界的马里奥·戈麦斯。"

淋浴噩梦

从周一到周五,我的一天是从八点钟开始的。八点之前,我没有为耸人听闻的事情做好准备。喝完咖啡之后可以。那我就能承受很多事情了:比如在冰箱的黑暗中长出了小胡子的草莓。比如对号称德国通俗专业书籍业的呜呜祖拉的蒂诺·萨拉辛①的专访。甚至我们家青春期动物的坏脾气,她星期五说我已经过时了。但是我不在乎,因为她的校车八点十分就开了,然后我——过时了的我——就能听我最喜欢的音乐,因为家里就我一个人了。自由——哈哈哈——一个在房

---

① 德国社民党政治家,曾任德国央行董事。2010年因在《德国自取灭亡》一书中发表有关穆斯林移民和犹太人的不当言论引发批判,并辞职。

子里无拘无束、毫无目的溜达的父亲。不过这是八点之后的我。在此之前我不想承受文明的恐惧。

但我并不能总是如愿。比如前天。

还差好长时间八点的时候,我去冲澡,修缮自己的身体,让那个曾经充满希望的作为大地的身体的我,现在至少还能作为味道好闻的细胞群四处游走。反正,我站在淋浴喷头下面,发现一个绝对可怕的东西。墙上一个橡胶撅子上,粘着一个干湿两用女士刮毛器,形状看上去就好像路易吉·克拉尼①因为厌恶体毛重的女性,而在设计中违背了他的曲线原则。我一边冲着水,一边又恶心又好奇地仔细打量这个东西。

我每周三次用来割除我的胡茬的东西,只是在功能上与女士刮毛器相似。后者好像

---

① 德国著名汽车设计师,以曲线设计闻名。

长着一个隆起的把手。而肉色的刮刀看上去又像是个医学或者整容器械。它的外观和手感都符合女性特点:把俗不可耐的剃毛,变成一件有品位的事。太有意思了。但是也很吓人和令人费解,这个女士收割机。如果有一天,火星人来到我们星球,他们会在我们的浴室尝试用这个东西往家里打电话。

浑身湿淋淋的我气愤地一把将刮毛器和把手从墙上揪下来,拿到早餐桌上。

"我浴室里的这东西是怎么回事?如果我大早上要看到这么丑的东西,我早晚有一天会一头栽倒死过去的。"我说。

"谢谢,我也是的。"青春期动物说。她抓紧每一个机会气我。

"谁给粘那儿的?"我试着继续问。

卡拉懒洋洋地举起手。然后她说,她使用刮毛器是为了遵循全无毛的社交强制规则。不过她忘了刮小臂上的毛了。我说,人不是裸鼢鼠,所以天生小臂上就有毛,这没什么不对的。谁要是闲得无聊,可以试试用吐沫和泥捏出来埃菲尔铁塔玩儿。那多好啊。卡拉充满同情地看了我一眼说,我已经太过时了,然后转身上学去了。

她说的肯定没错。毛发是个非常重要的问题。欧洲杯期间,C罗真的在对荷兰队比赛中场休息时理了一次发。梅梅特·绍尔①不久前刚在电视里说,他虽然头上的头发越老越少,但背上的毛发却越来越多。约基·勒夫②的发型原来只在百乐宝儿童玩具中有,现在网上已经有假发套销售了。我显然对这个问题了解太少了,并且很不正确地认为这事太女气了。

但是,我也不是像我儿子尼克那样的大男子主义者。卡拉刚出门去,他就宣布,他宁

---

① 德国足球运动员。
② 德国国家足球队教练。

愿是一只小海马。"为什么?"我问,同时喝下去最后一口意式浓咖啡。"因为雄性海马可以自己生孩子。他们根本不需要女人。"

一个非常有意思的想法。不要女人意味着:浴室里不会出现带把手的干湿两用刮毛器。这倒不错。不过生活可能会变得没意思了。

青春期动物实验室3:时间都去哪儿了

很少出现自然科学的规则需要补充的情况。通行的公式都没错,至少对那些死读书的人来说,世界几乎就是一本开放的书。现在有计算面积、形状、力量、速度、质量和时间的公式。但是,有时候还是需要给经典公式中增加些新的内容。

比如现在。青春期动物实验室负责人成功地发明了一个新的公式。在经过数月繁琐的工作之后,实验负责人对一个十五岁女性的时间概念进行了定义。也可以说,他从青春期世界观的非理性中抽取出了这个时间概念,目的是把它纳入数学范畴。

谁如果今后要研究一个雌性青春期动物精神上新陈代谢的持续时间,那他肯定无法回避下面的定义:时间=电吹风×头发。

这个基本的公式首先建立在一个发现的基础上,那就是,青春期动物根本没有时间概念。在青春期动物那里,一天中时间定额的分配是非常随意的。给一片面包涂抹黄油和果酱有可能需要七分钟,因为青春期动物很重视精确的工作方式,并且想以此对面包表示尊重。完成家庭作业或者回答家长的询问却经常是几分之一秒的事。

为了证明这个论点,实验负责人准备了一个秒表,等着青春期动物下楼来。前一天晚上19:30左右,青春期动物离开实验室,去参加一个聚会,夜里2:37才回家。

14:07,青春期动物穿着睡衣出现在餐桌旁。实验负责人把秒表拿在手里问,聚会怎么样。手计时显示,青春期动物回答这个问题用了百分之三秒:"好。"更多的信息就问不出来了。一个6小时长的聚会,中间肯定发生了很多事情,却被压缩成一个不到半秒钟的汇报,这可以算是缩写的最高成就了。

在青春期动物认为与父母无关的所有问题上,她基本上都是这样的态度。实验负责人问,聚会上是不是有酒。"嗯。"是不是有人吐了。"约亚吐了。"别的还一切顺利吗?对这个问题,青春期动物的回答是一个长长的哈欠,像淋了雨的马一样喷向实验负责人,然后她回到实验室,再去睡一小觉。

这一小觉的时间长得惊人。一个青春期动物可以轻轻松松睡上十四个小时,如果它中间起来上厕所,并不意味着它要起床了。

18点左右,实验负责人进入实验室,去请青春期动物吃饭,然后实验对象去洗澡,并且仔细地吹干了头发。她的头发热了,但是饭却凉了。青春期动物说,大家没等她,是大家的错。

至于要求她再学几个单词的要求,最终

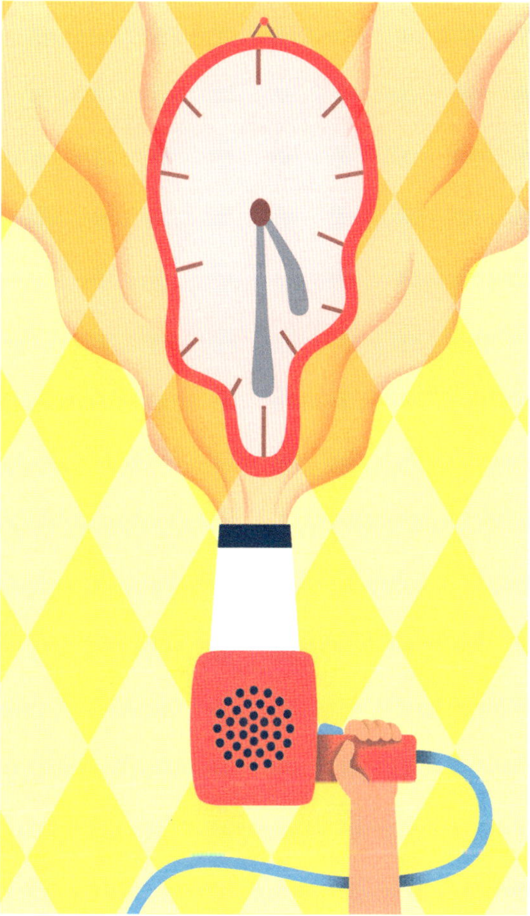

被拒绝了。青春期动物解释说,她根本没时间再学单词。她有好多好多事情要做。看一眼她的脸书首页,戏剧性地证明她说的确实没错。那儿确实还有二十一条信息没有回复。青春期动物至少需要一个半小时才能做完。青春期动物时间这么紧,让她背单词就更不用想了。实验负责人充满理解地关上实验室门,打开一瓶啤酒,写下实验记录。

勃　起

德语课上的丑闻。当然要立刻召开家长会,平息不安的情绪。我也去了。

出什么事了?有些家长在家长会开始前也在问,所以布鲁姆老师讲了讲事情的经过。是这样,她想出个主意,让这些进入青春期的学生们写诗,并且鼓励孩子们大胆表达他们浪漫的感情。星期二时,她请同学们轮流朗诵在家写好的诗歌,这样大家可以接着就诗歌进行讨论。有些诗歌令人非常惊喜,尽管都是女同学的。男生们都往后缩,或者有的在网上搜索"浪漫诗歌",把海涅或者里尔克的诗复制下来,声称是自己写的。然后就轮到了达尼尔。我们就是因为他的诗才开会的。有个女生在家里提到了他的三行诗,女生的家长几分钟后就来到学校提出申诉。他们要求学校开除达尼尔。达尼尔和他的父母坐在最靠边的地方。我很为他难过。

一个父亲问,能不能让大家听听那首诗,否则很难判断它的恶劣程度。布鲁姆老师拒绝朗读它。于是,克尔沙恩先生朗诵了这首题为《勃起》的诗。他是个医生,我估计,他没有受过诗歌朗诵的训练。本来可以读得更优美些的。他读起来没有抑扬顿挫,大概是这样的:"玫瑰是奶头。紫罗兰是奶头。我喜欢奶头。奶头。"

等整形外科医生读完坐下后,在场的女性中一半在琢磨他。另外一半在发泄她们的愤怒。这简直太不要脸了,太性别歧视了,蔑视女性,无聊,毫无魅力,简直就是有病,第一批发言的人说。达尼尔和他的父母一言不发。克尔沙恩先生发表讲话说,这首诗是"色情一代"的作品。这个概念是他从《明星》周刊上读到的,他骄傲地补充道。这简直令人作呕,是彻底的文化荒蛮的表现。必须尽全力阻止这种污浊的东西。

然后我就被问到对这个作品的看法。我?对。好吧。作为作家我必须有个意见,克尔沙恩先生说。这没错。但是可惜我真的不懂诗歌。我都没看出来君特·格拉斯最近几部作品是诗歌。我一开始还以为是没考虑好的、胡乱分行的散文。不过我也不是文学批评家。他们才应该考虑诗歌是什么的问题。包括诗歌有什么用。

达尼尔完成的情感倾诉的质量,我无法评判。但是我可以谈谈他的勇气。我说:"我真希望,当年我十五岁时,能有勇气写出这样的东西。"

克尔沙恩站起来嚷道:"哐,见鬼。"然后他离开了教室。接下来大家讨论了两个多小时,结果是,所有家长互相讲自己十五岁时没

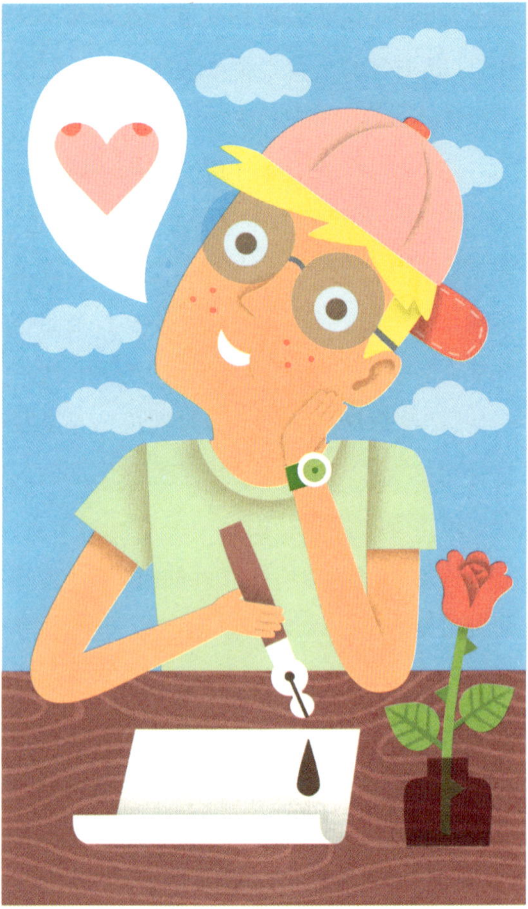

敢于什么,他们错过了什么,或者他们在成年人的生活中早已忘记了什么。事件最后以全体家长宣布达尼尔无罪结束。会后,有些家长还一起去了酒馆,打算继续交流。

达尼尔走到我面前说:"您要是真的喜欢我写的,我还有好多呢。我抽屉里还有完全不同的东西。如果您愿意,我可以发给您。"

我向他表示感谢说,如果我需要他的某一首诗,我会找他的。不过我不认为会出现这种情况。然后我就回家了。我不知道为什么,但我一路控制不住地放声大笑。

绿野仙餐

还有什么比野餐更浪漫的事吗？当然有！我甚至可以说，大部分事情都比野餐浪漫，这包括用牙线在牙齿间掏来掏去、更换洗脸池的存水弯管、加 E10 号油。我很肯定地这么说，因为我刚刚从一次野餐回来。

去野餐的建议恰恰是我提出来的，是源于我的负罪感。我经常会想，我跟孩子们在一起的时间是否真的够长。还有跟妻子的时间，等等。我当时站在地下室，完全忘记了我要拿什么东西了，我的目光落在了一个编织物的盒子上。我把那个东西从架子上拿下来，或许里面是被忘记的葡萄酒或者金度布龙巧克力呢。但是其实那只是一个从没有用过的野餐篮，可能是订阅赠品。我们这几年已经收到好几个类似的赠品了。我们还有一个儿童训练坐便器(撒尿进去的话,它会发出音乐声,我试过了),一个散发着塑料味的三明治烤炉,还有一个智能人体秤,我从不敢站上去。

野餐篮里有在树林里大吃大喝一顿所需的一切用具,当然没有吃的。这得自己事先准备。我把野餐篮带到楼上,向我的家人宣布了"郊游"的计划:

"哎,大家都听着,我们现在去野餐。"

我们的女儿立刻就说不去。她说她觉得野餐太俗气了。她现在这个年龄,就是不愿意尝试新的东西,反正如果建议是自己的父亲提出来的,就不愿意。青春期动物是保守的物种,跟动物园里的居民很像。它们希望定期得到吃的,而不需要自己去捕猎,除此之外,它们最喜欢自己待着。

"我为什么要坐车跑出去十公里,为的就

是吃一些我完全能在厨房吃的东西?"她问,其实她说的完全有道理。但我不会让她看出我的想法。然后她补充说,就因为蚂蚁她也不愿意去。

"蚂蚁怎么你了?"我问。

"它们总是到处乱爬。"她说,我认为这句话说的很漂亮,但是我不会动摇。

我上谷歌从女性杂志上搜索到一些好玩儿的野餐食谱,又把所有准备好的东西塞进篮子里。再加上饮料。最后,野餐篮大概有15公斤重。这个蠢笨的大块头放不到我的自行车上了,当然,我事先应该考虑到这一点。但是,既然我已经提议了,我就不在乎这个结果。

萨拉认为,我们也可以开车去野餐,但是我从根本上认为这比骑自行车还要荒诞。如果开着车出去,那还不如把野餐篮放在家里,直接找个有停车场的好餐馆呢。好吧,除非你是加里·格兰特①,开着一辆阿尔卑斯阳光②,穿着浅色裤子去野餐,有希望能泡上格蕾丝·凯利③。

我们正要出发的时候,尼克的车胎扁了,但是我认为,是卡拉给他的车撒了气。或者是萨拉。因为,当我们确定没法继续去郊游后,萨拉立刻提出来一个非常实际的建议:或许可以在我们的院子里野餐。那样的话,所有人的愿望就都能得到满足,而且肯定也很好玩。

于是我们就这么做了。中间我们还能回厨房取我忘记放进野餐篮的东西。天开始下雨的时候,我们也没被淋湿,因为我们连桌椅一起端进屋了。孩子们很高兴,因为吃完后很快就又在家里了。我们收拾打扫,后来我

---

① 美国电影明星。
② 007的座驾。
③ 好莱坞影星,后成为摩纳哥王妃。

把那个篮子又放回地下室了。从现在起,它会永远呆在那里。

青春期动物实验室4:为了秩序

秩序据说是生活的一半。这个原理不仅被青春期动物粗暴地无视了,而且还违犯了。在她看来,秩序根本就不是生活,甚至不是美德,而是烦人的规定,既不能让人愉悦,也没有任何用处。不过,青春期动物已经明白,一个整洁的实验室会让实验室负责人及其夫人的脸上呈现出微笑和友善。

青春期动物很会利用不同的混乱等级控制实验负责人的情绪。下午14点左右,实验负责人进入实验室,督促青春期动物收拾房间,把脏衣服分类。他请青春期动物把干净的衣服放进衣柜,脏衣服放到地下室去。另外,整个房间应该恢复到上一次复活节前那短短几天时可以供人参观的整齐样子。

实验负责人这几句话是冲着一大堆衣服说的。青春期动物本人不见踪影。要想找到她,实验负责人得像矿工那样挖开眼前的那堆衣服,他不会这么干的,因为这有失尊严,而且与他的研究任务不符。在他再次要求之后,青春期动物从那堆衣服后面一个什么地方回答说,她要先休息会儿,然后再干这些破事儿。

15点左右,实验负责人再次进入实验室,并且满意地看到,那堆衣服已经减少一半了。青春期动物非常不高兴地蹲在地上,给袜子分类。不管怎么说吧,阳光已经能透过窗户,照到屋里好几个盛着剩牛奶咖啡的、处于不同腐烂期的玻璃杯。实验负责人高兴地表示,那几个杯子终于又出现了,可以被其他家庭成员使用了。为此,他的脑袋被一双棕色长筒袜扔到,他退了出来。

16:23分,他发现又有进步了。实验室的地面已经完全可以通行了。写字台上堆满了青春期动物像松鼠一样从整个房子里找出来的、有些甚至早就被痛心地宣布丢了的东西。对于有些东西,青春期动物至今坚决否认自己拿过,比如厨房里的糖罐,一个刷子,一个苹果遥控器,一卷透明胶带,办公室电话机,好几个碟子和甜食碗,里面的内容已经无法辨认。当然还有些东西是根本无法想象会出现在实验室的:一包抛光布,实验负责人的一条领带和一块壁炉劈柴,还有一个自行车前轮,而青春期动物根本不知道它是哪儿来的。

实验负责人坐到床上,想做记录,但是突然发现床垫了鼓起来一块。他推断是床底下有东西,就低头去看。果然,青春期动物把所有衣服和毛巾都塞到了床底下。

"这里毫无秩序可言。"实验负责人批评道,青春期动物呻吟着开始把床底下的东西

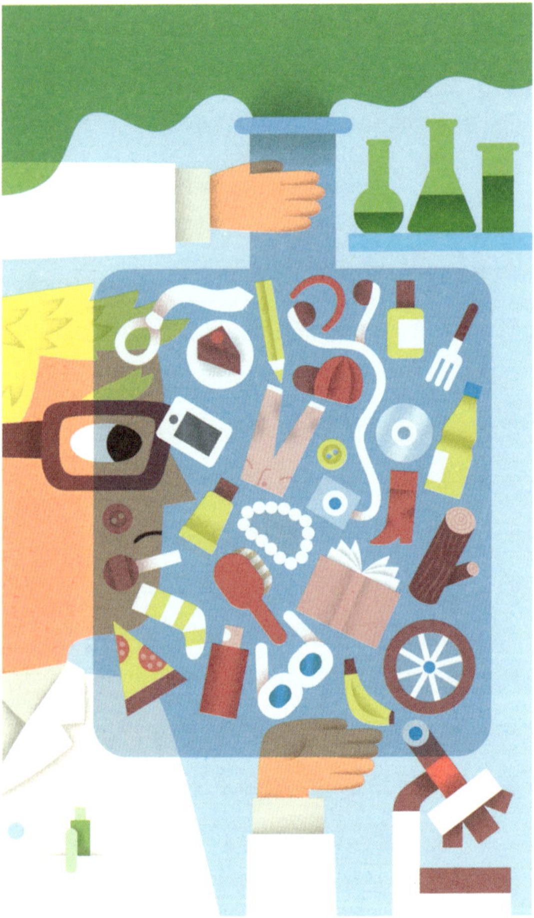

掏出来,分门别类整理好。

后来,实验负责人偶然听到青春期动物在电话里跟她的朋友提到收拾屋子的事。她说:"我收拾了屋子,他可高兴了。我想看看,如果我现在有意每天收拾屋子,会怎么样。他肯定会有所反应的。"

有时候,实验负责人觉得,他自己才是实验对象,青春期动物是实验专家。

生活的循环

根据联邦生物教师协会的观点,了解柠檬酸循环,能让人精确地理解宏观的宇宙和微观的线粒体。而不了解柠檬酸循环,则会直接导致灾难。我现在还一时真不太清楚,是不是有联邦生物教师协会这么个机构。对于那些从来不明白柠檬酸循环的人而言,宇宙反正一直就是一个黑洞,柠檬酸循环就是对学生的折磨。不过我还真认识我学校里有些人,他们明白柠檬酸循环。

谁知道柠檬酸循环是怎么回事,谁就会数学和大提琴,他不仅知道兔子往哪个方向跑,①还知道它为什么跑,平均速度是多少。

---

① 双关语,还表示事情的来龙去脉。

而所有其他人,包括我,就只能依靠作弊了。

我本来是能通过生物考试的。如果我不是中间去了趟厕所的话。最蠢的是,我上完厕所心不在焉地洗手了。柠檬酸循环的一部分内容,我早上用非常小的字抄在左手腕手表下面了,结果立刻被水洗掉了。而另一部分,抄在右手腕上的那一部分,因此也没有意义了。你没法用一半柠檬酸循环去争辩。你不能说:"哦,抱歉,记在我脑子里的循环过程被原核生物给吃了。只剩下了琥珀盐酸后面那些没用的东西。"没人会相信这个。反正,那一半柠檬酸循环,我最后只得了6分。① 其实主要还是因为我是个讲卫生的人,放弃了制作真正的小抄条。

我从来不太会做小抄条。我有些中学同学,他们把《高卢战记》的小抄,写在了大拇指

---

① 德国学校考试是1到6分,6分为最低分。

指甲那么小一块纸上。或者《理查三世》的资料抄在纸条上,卷成小卷,塞在圆珠笔里。聪明的女生把数学公式抄在大腿上,考试的时候,遇到计算棱锥体和四面体的体积时,她们就掀起裙子看。还有一个同事把上厕所的诡计夸张到在厕所藏人的程度,而且他藏的不是同学,而是他爸,可是他爸无论如何飞不出学校啊。我带着忧伤回想着那快乐的时光,到昨天才搞明白,它跟今天的学校生活毫无关系了。今天的学生,只要有网络,就能有心灵感应,写出跟网上一样的答案来。

有一次我手里拿了我女儿的一条牛仔裤。我要洗它,所以看看裤兜里有没有什么东西。我们的青春期动物会在裤兜里保存非常有意思的东西:口香糖、车票、发卡、SIM卡、小抄条。真的!我非常兴奋,现在,小条就在我写字台上。这是一张火柴盒大

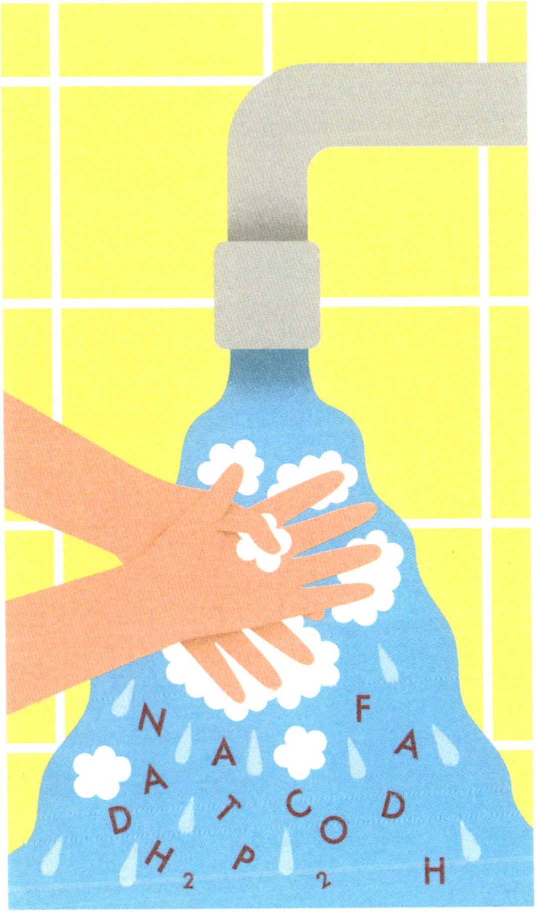

小的纸条,上面写着作品评论的标准结构。缩写的杰作。凭这本事,她可以马上去《图片报》当实习生了。卡拉用不同颜色的笔密密麻麻地记下来,写作品评论要注意什么:正面人物、反面人物、总结,最下面写着:"得出的结论"。我们能从这件事里得出什么呢?小抄条作为媒介挺过了所有学校改革,并且还远远没有被淘汰。也就是说,纸媒还活着!

而且是在今天,因为,如果按照权威大脑研究专家和记忆大师的建议,可以采用联想记忆法,所以根本不需要这种老式的辅助方式。比如记忆柠檬酸循环就是这样的:Acetyl-Coa, Citronensäure, Iso-Citrat, α-Ketoglutarat, Succinyl-Coa, Succinat, Fumarat, Malat, Oxalac-etat,用每个词的首字母开头重新组词,然后编成一句话,结果就成了:Alle Citronen Im Keller Sind Schon Faules Matschiges Obst〔所有在地下室的柠檬都已经是变质、腐烂的水果。]如果我二十八年前就知道这个,我今天就是宇宙的统治者。

被赞的博客

上星期,我第四次被我女儿从她的脸书朋友圈中删除。之前三次,我都通过精心的讨好行为,让她原谅了我。她又宽宏大量地接受了我的好友请求,同时提醒我,以后必须闭上我讨厌的嘴,不许再用放肆的评论打扰她和她朋友们的交流。然后,星期三就出事儿了。卡拉给我一个简短的信息:我被彻底踢出去了,她警告过我,而且不止一次,所以现在完了。发生了什么呢?

我必须承认,是我又没忍住。我对她们关于小市民的讨论发表了评论。卡拉和其他青春期动物讨论,谁的父母特别小市民、不太小市民或者根本不小市民。卡拉说,她家老头子(我!)最近开始穿家居鞋了。这已经是她容忍的底限了。十八个孩子通过点赞表示,他们同意卡拉的观点。然后,我觉得有点受到侮辱,就也写了几句,评论区本来就是干这个用的。我写的是:"你们自己都是小市民。"就这样,我的命运被决定了。

还有:我是穿家居鞋。我四十五岁了,会觉得脚冷。以前我是地核,现在我是冰人奥茨,那个被冰封的阿尔卑斯老爷爷。可能是血液循环差了。开始衰老了。太可怕了。您别以为我为自己的棉拖鞋骄傲。我曾很长时间拒绝买它。萨拉在网上找了不太丑陋而且保暖的款式。没有一天我不低头看着我的鞋想:我的天哪,你这是到哪儿了?然后我踢里踏拉走到厨房,为我的脚趾囚温暖而灵活感到高兴。

也许我只是个小市民。但至少是双脚暖和的小市民。问题是:我应该一辈子宁愿手脚冰凉,也要自己跟自己说:"我在审美方面不可战胜!"

我为谁费这劲呢?似乎没有谁。

我知道,我也许不应该这样自甘堕落。卡尔·拉格斐①曾说过:"谁穿运动裤,谁就失去了对自己生命的控制。"但是他自己就已经不再年轻,肯定也常觉得脚冷。他肯定也穿棉拖鞋。这个"扇子狂人"干的事,我早就干了。

卡拉把我开除之后,我给她写了好几封邮件。我诉苦、我恳求、我威胁,最后我发了无数条短信,请求她再把我加进去,但是她只回答:"不,爸爸。"估计以后老了,被孩子们扔到莱茵河边的山区老人院去,就是这个感觉吧。

在我女儿的脸书窗口马上要对我关闭前,我还看到她的一个帖子。她邀请所有朋

---

① 德国时尚设计师,夏奈尔公司设计总监。标志性动作是手里拿着扇子。

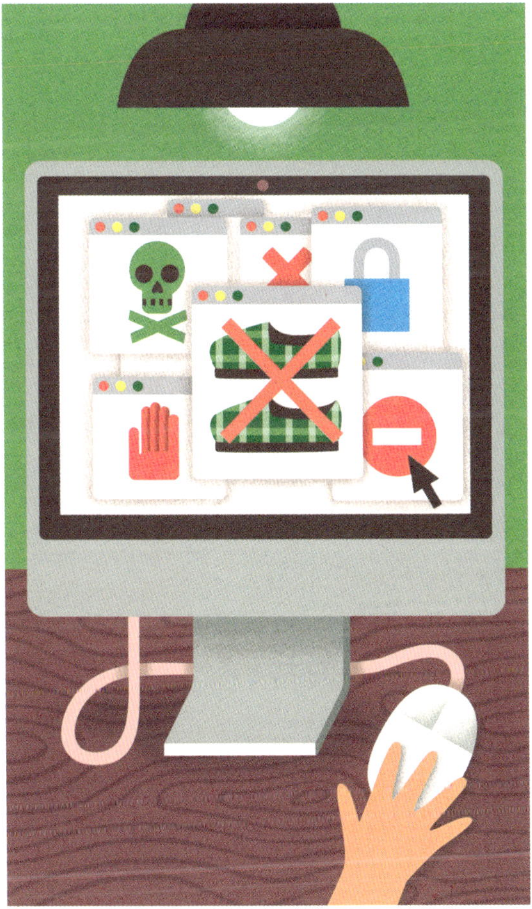

友去看她的博客。我们的青春期动物写了一篇博文。想看她的博文,必须先给她发一条信息,然后她发给你一个链接。只有我的申请被她拒绝了。她从她的房间里给我写了一封邮件,说我如果读了,可能会有被万箭穿心的感觉,还问我老纠缠她干什么。太简单了:我害怕她在博文里说我。于是我在脸书上给她的闺密们发信息,请求她们给我她博文的链接。她们回答说,这是绝对绝对不可以的。最后,芙兰琪(为了保护她,我用了假名字)不加评论地把我女儿第一篇博文发给了我。然后我就明白了。

卡拉写道:"你们来了,太好了。从今天开始,我将用生动的报道为你们的生活添彩。当然,我知道互联网不是一个保密社团。什么东西都能被挖出来。只有一个人绝对不能看这个博客:我父亲。因为他是主角。他和他的家居鞋。哈哈哈!他会请求你们给他我博客的链接。他会拍马屁或者声称是别的什么人。你们千万别上当,否则我就不写了。"

不奇怪,她的朋友们都严守秘密。不过我反正已经拿到链接了。虽然我手法不太光明正大。

青春期动物实验室5:关于男人

目前,我这个青春期动物实验室成果系列的最后一部分,是研究女性青春期动物与她同类男性代表之间的交往的。在最终与莫里茨断了之后——之后不久,在芙兰琪父母家地下室酒吧的聚会上,那孩子喝高了,毫无尊严地吐得一塌糊涂——实验负责人就把仔细观察并评估自家青春期动物与同龄或稍微年长些的男性青春期动物之间的交往,作为自己的任务。在过去几个月中,他们之间经常有接触,有时候是在实验室,有时候当然是在青春期动物上午必在之地,学校。关于在学校与男性同类交往的情况,青春期动物很少带回来有启发性的信息。

通常,很少或者根本没有关于那些男生

的信息透露出来,如果是她喜欢的男生,就什么都不说。如果是男生被拒绝了,那她周围的人就会很快得到确切的消息。实验负责人已经知道,喜欢足球和武士道的男孩,我女儿基本上不会考虑,他们就是"翔",是"二货"。实验负责人至少对这些消息的一半是满意的。关于足球那一半嘛,以后肯定也会的。

对她喜欢的男性青春期动物,女性实验对象会立刻变得极其克制。当然这种情况是极少出现的,如果有,那么那些为数不多的得到她正面评价的男生,都被她非常谨慎地描述为"友善",并且被邀请到实验室来。这让实验负责人非常高兴,因为这为他的研究提供了方便。

出于科学研究的好奇心,每次门铃响,实验负责人总能比青春期动物先到门口。通过这种方式,他可以对候选人有个初步印象,当然,这些候选人在他这里都不及格。第一个,蠢货类型,都不会说声"哈罗",一声不吭踢里踏拉走进实验室。二号选手脸上的皮肤材质像菜花,这一点让实验负责人感到很可惜,因为他尽管满头大汗,还是向实验负责人伸出手来,并且自我介绍。第三个是自己开车来的,这已经让实验负责人感到很疑惑了,再加上他身上散发出价格不菲的剃须水香味。这个选手已经不是严格意义上的青春期动物了,他走后,实验负责人清楚地挑明了这一点。

接着,实验负责人试图让青春期动物觉得一个叫阿希姆的男生好,因为他不仅拉丁语非常棒,而且会吹单簧管,还精心照顾他的鱼。青春期动物反驳说,阿希姆就是个笨蛋,如果让她去跟他见面,那她宁肯去买把手枪给自己的脚一枪。于是,实验负责人记录下,十五岁的女孩基本上会拒绝父母推荐的所有男生。她只会考虑那些被实验负责人贬斥为

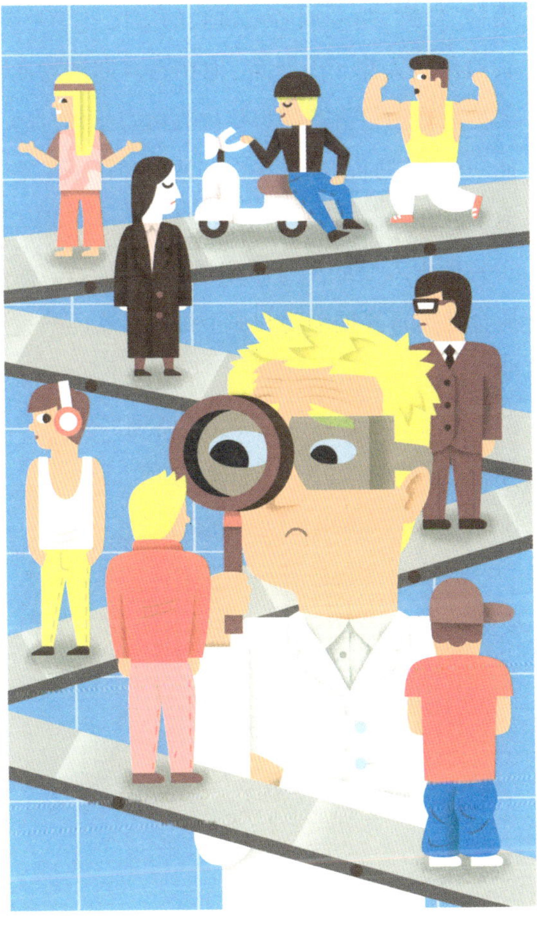

废物、白痴、啃老或者痘饼脸的家伙。于是,实验负责人想了个计策:他在青春期动物面前把一个他很喜欢的男孩称为煎香肠和自闭症,并且威胁说,如果在汽车站看到这小子跟他女儿在一起,就会把他撕成碎片。实际上,实验负责人心底里是希望通过这种方式,能撮合他的青春期动物和那个讨人喜欢的马克斯。

但是,这个尝试也令人恼怒地失败了。青春期动物在关上实验室门之前,无精打采地说:"挺好玩的鬼伎俩啊,爸爸。"

实验负责人打开一瓶啤酒,思考着是否要关闭实验室,今后只专注自己的事情。但是:他女儿的童年也是他的事情,对不对?

跟卡拉一起YOLO

"为什么是我？为什么?"我在厨房里，像一只袋獾一样转着圈。但是萨拉态度坚决。她认为，也该轮到我了。我说没时间，我的记事本上都记得满满的。"你根本没有记事本。"她说。"是的，没有纸质的。但是我有个虚拟的记事本。在脑子里。"我哀求道。"它是空的。"萨拉说，"你会发现，如果你跟卡拉一起去做件事的话，这对你们都有益处。"有可能吧。不过问题是：卡拉说的是一种陌生的语言。我们俩就像克林贡人和罗慕伦人①。不过萨拉说的对，真的该轮到我了。前天我跟我们的青春期动物进城了。去买裤子。

---

① 《星级迷航》中的两个族群。

卡拉穿非常瘦的衣服,瘦到你觉得她人是被缝进衣服的。她的裤腿看起来就像大象鼻套一样。所以我建议她去慕尼黑动物园,找大象饲养员买大象鼻套。但是卡拉不想去动物园。她想去 Abercrombie & Fitch,去 Hollister、H&M、Zara 这些店看看。她坐在副驾驶座上,跟她最好的朋友芙兰琪在微信上聊天。我扫了一眼她的手机,看到:"……跟我爸爸。SWAG!"

我们先去了 Zara。卡拉在店里穿行,就像狐狸在鸡窝里穿行一样。但是那里的衣服她都不喜欢。她很宽容地买了两件T恤衫,然后告诉芙兰琪说,Zara 就是"epic fail"。H&M 店里也是同样的破烂货,只不过是瑞典的。卡拉写道:"现在跟爸爸吃冰沙。YOLO。"趁她吃一杯恶贵的草莓冰沙的时候,我赶紧谷歌一下"swag"、"epic fail"和"Yolo"。通过这种方式,我知道了,首先她觉得跟我出来很轻松，其次她认为去Zara是个严重的错误。Yolo的意思是"你只活一次"。

在下一家店，牛仔裤的吊牌上写着："包含动物性非纺织物材料"。这是什么意思？是不是裤子里缝了一块猪排。我摸了摸，什么也没发现。另外，卡拉觉得那里的衣服都太烂了。接着，我们去了Hollister。这是一个美国的品牌，衣服看着都像是里卡多·图布斯和桑尼·克罗克特①为80年代汉堡郊区的烧烤晚会设计的款式。卡拉也不太感兴趣，而且那些裤子都明显太肥了。她给芙兰琪写道："Hollister=ROLF。"

然后去Abercrombie & Fitch。店里设计得像弥漫着香水味的鬼怪车厢，根本看不清衣服，因为首先里面太暗了，像在大象屁股里，其次，不断会撞上施瓦本阿普②的游客。

---

① 电影《迈阿密风云》中的人物。
② 南德一个小城，那里的人被德国其他地方的人看做是没品位的土豪。

另外，我大概40秒之后就被那股味儿熏得头疼了，他们让店里的顾客被那股气味笼罩着，我宁肯呆在慕尼黑动物园的大象房里，那里虽然味道差不多，但是没这么甜腻腻的。楼梯旁的墙上挂着一幅巨大的画像，上面都是马里奥-戈麦斯见棱见角的脑袋和见棱见角的腹肌。这让我想起社会主义现实主义绘画中的工人形象。

卡拉大概试穿了十七条裤子，而我在谷歌"wack"和"ROLF"。"wack"是一个嘻哈表达，大概是没意思的、无聊的、特别屎的意思。"ROLF"是一个微信语言缩写，意思是"我差点笑得满地打滚"。我也想这样做，但是那家店里太挤了。最后，卡拉买到了衣服。高弹牛仔裤。好吧好吧。我给她买了两条，然后我们回家了。

晚上，卡拉上床后给我发了一条短信："Knubu 谢谢爸爸 Xo。"我谷歌了一下。她是告诉我,她拥抱和亲吻我。我深受感动,给她回了一条短信:"EWESNMD"。她回了六个问号。她不知道这个缩写是什么意思。于是,我又给她发了一个完整版:"今天下午跟你在一起很高兴。"

迁居计划

卡拉想离开。离开很远。而且很长时间。我们的青春期动物想移居。这方面的计划,她四岁的时候就有过,那次我不小心踢倒了她的芭比娃娃家庭展览。我们家那时候还年幼的小狗借机叼走了一个穿着百慕大七分裤的黄头发娃娃。当我抓住它时,它已经把娃娃左腿一直啃到大腿了。芭比娃娃看上去像刚刚从鲨鱼口中逃脱。我把娃娃还给我们的女儿,并建议她给芭比换上一条晚礼服裙。于是,这个愤怒的孩子装好了她的小箱子,宣布离开我们。不过卡拉只走到游乐场,荡了会儿秋千,吃了随身携带的一个橘子,然后就回家了。我对这一切非常清楚,因为我当时悄悄跟踪她了。

如果照她现在的出行计划,我还跟踪的话,那我得走相当远,因为卡拉想去美国待一年。她几个月前就跟我们说过,并且自己打听了所有事宜。于是,一家专门从事中学生交流项目的公司的两位员工坐到了我家餐桌旁,给我们详细介绍他们一年期国外交流的几种模式。我最喜欢的是,其中那位女士说,必须首先服从美国父母。你可以过后跟他们讨论,质疑他们的决定,但是不能事先。我朝我们家喜欢辩论的青春期动物看了一眼,看到她在使劲点头。我想:这下可好玩了。对美国人而言。

最后,我们决定参加一个团,8月份跟其他孩子们一起先去纽约三天,然后孩子们各自去自己的目的地。至于在美利坚合众国的最终目标,卡拉已经有了非常具体的设想,昨天早饭时她很肯定地告诉我们了:她只想去旧金山。她想象寄宿家庭的父亲应该是个著名的建筑师,设计了很多非常酷的房子,当然他自己也住其中的一栋。他没有真正的家庭,但是有个女朋友,是个亚洲人,二十多岁,叫 Aneko,在一个超级棒的乐队当贝斯手。

卡拉当然每天去上学,在这一点上,她很让步。晚上,先吃寿司,然后通过 Skype 跟家里聊天,这样她不至于忘记德语。这是一个很大的问题,如果离开故乡这么久的话。晚些时候,她跟 Aneko 一起去个什么俱乐部,结识很多有意思的人,比如詹姆斯·弗兰克。①

说到这里,我必须要给她泼点冷水了,因为看现在这情形,她绝对不可能一年之后回到我们身边了。于是我说,她去加利福尼亚,还不一定呢。也可能是肯塔基或者北卡罗来纳。"如果是那里,亲爱的卡拉,那里的表都走得跟我们不一样。你有可能住进一个非常好

---

① 美国电影演员。

的、严格信奉新教的农民家庭,有八个三到十二岁之间的孩子。每天早晨,你得跟六个哥哥姐姐步行四英里去校车车站,边走边唱宗教歌曲。放学后,你还得上缝纫课,还有北美圣经地带繁琐的少女课程。周日有些变化,要去教堂5个小时,而且,还要每天早睡,因为要早起,上学前要先挤羊奶。互联网是当然没有的,因为四百年来,社区就是一个非常好的社交网。谁要是抽烟,就得受罚在干草棚里吃饭两个星期,因为全家人都对他感到失望。喝酒连想都不要想。不过每年7月在村子里有个大集,大家都会去,集上还有果酒呢。无酒精的,不过有碳酸。天呐,多好玩啊。"

卡拉平静地吃着她的早餐,微笑着说:"哎呀、爸爸,他们已经写信告诉我了,就是去加利福尼亚。"从此我就惶恐不安。

青春期动物接班人

有时候,我看到我女儿居住的青春期隧道尽头有微弱的光芒。比如,卡拉已经买了剃腿毛专用泡沫,不再用我的剃须工具了。有时候,她能遵守约定了,跟她的讨论也变得声音小了。她越来越少地出现青春期激愤,以前她生气的时候,我都觉得她好像在RTL2台下午的节目中演出。

不久前,她冲进我办公室问,哪个蠢货把她最喜欢的T恤衫给洗了。我战战兢兢地回答说,是我,因为我觉得她更愿意穿干净的衣服。然后她嚷嚷道,她现在就要穿,等不到我烘干了。是的,这让人很无语,不过这种事情越来越少发生了,所以我觉得有盼头了——只要我没想起来,我们还有个儿子。

"男人长到七岁,然后他们就不长了",曾经有张明信片上印着这么一句话,很多女性都赞同。必须承认,有一些道理。总的来说,成年男人跟小男生的区别不大。比如说,尤尔根·克洛普在球场边的样子,就好像他马上会把哨子扔到球场上去。谁如果见过格里高尔·居西在谈话节目中那张出离愤怒的脸,就会明白,不让一个三岁的孩子跟小朋友们一起玩,他是什么感觉。

尽管如此,我还不太敢确定,因为在青春期范围内,还有一些事情,是你在七岁的时候还不知道,但是以后会否认的:比如毛发长在不该长的地方,比如在操场上出于嫉妒的哭闹,比如撅着屁股在昏暗的灯光下跳贴面舞,这只是青春期最艰难的考试中的三个例子。

卡拉似乎已经结束青春期了,她已经计划着从美国回来后从家里搬走,开始大学生活,而我有可能要友好地每月资助她几千欧元。如果卡拉离开我们,那么我大胆预测,尼克在一生的马拉松长跑中,要被青春期抛入一段脱轨的阶段了。比如,他与异性的关系发生了改变。以前,他就是觉得女孩子都是傻瓜、愚蠢、娇里娇气。但是,现在我们听说,他在学校里很有魅力,而且,如果事关阿琳娜,他就会非常殷勤。据说他中午常常坐在她身边,什么也不吃,就为了陪着她。他还会护着她,不让别的男生欺负她,不让球砸到她,不让雨淋着她。其实阿琳娜不需要保护,因为她跟她妈妈一样,是个泼妇。但是,这得他自己明白,我不会干预的。

在家里,我们也发现尼克有些变化。他现在用体香剂。他才十一岁,身上还没有味儿,至少没有汗味。但是,他每天早上都使劲往自己身上喷体香剂,喷得人的听觉和视觉都丧失了。这东西的味道像是齐格弗里德和罗伊①在萨克森的大迪斯科舞厅里。他还有同一品牌的沐浴露。瓶子上印着一个数学公式：男人+沐浴露=女人²。这个意思或者是，使用这种产品可以省得变性了，或者是，使用这种产品后对女人的吸引力会加倍。

尼克不仅使用嗅觉效果。他每天早上离开家时的姿态，就是我在电影《埃尔多拉多》看到的罗伯特·米彻姆的样子。我想，还会有不少事情找到我们头上的，我可不想错过。不想不经意地错过。卡拉刚刚打电话来说，她错过了短途火车，所以要晚些回家，因为她必须先把尤纳斯送回家，因为尤纳斯喝了太多的伏特加红牛，因为瓦内莎跟他分手了，这一点我们必须要理解，哪怕明天要上学，哪怕我们有准时强迫症。

---

① 德国著名的魔术师组合，这两位性感的男魔术师总是与白狮子、白老虎同台演出。

我只能希望,在尼克真正开始青春期之前,卡拉能彻底结束青春期。否则我就熬不过去了。

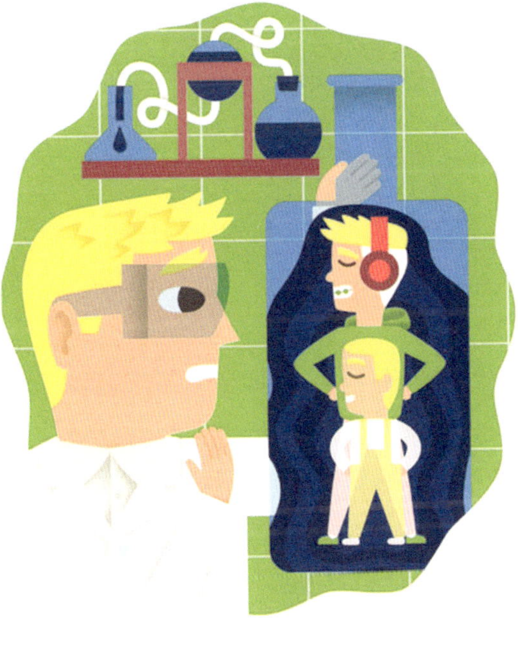

杨·维勒

杨·维勒于1967年出生于杜塞尔多夫,记者和作家。他曾任《南德意志报·周刊》的主编和《明星》杂志的主笔。他的第一部作品《玛利亚,他不喜欢吃!》是近几年最成功的小说处女作之一。之后的作品有:《安东尼在奇妙国》(2005),《有没有足球上帝?》(2006),《在我的小国》(2006),《龙种》(2008),《我作为人的生活》(2009),《39种珍品之书》(2011),《我作为人的新生活》(2011),《圣诞蛋糕的报告》(2011),还有两本儿童文学作品:《马克斯来了!》(2009)和《雪中的马克斯》(2010)。他与达尼埃尔·施佩克一起把《玛利亚,他不喜欢吃!》改写成电影剧本。另外,杨·维勒还撰写广播剧和广播书,并亲自录制。他与妻子和两个孩子生活在慕尼黑附近。他的专栏发表在《星期日世界报》和他自己的网页www.janweiler.de。

提尔·哈芬布拉克

　　提尔·哈芬布拉克2009年结束了在柏林艺术大学的视觉交流专业学习。毕业后，他作为独立插图画家在柏林工作。2012年，他获得柏林艺术大学大师班学员学位。2008年，他与阿娜·阿尔贝罗和鲍尔·裴策尔一起成立了生平虚构出版公司。以公司的名义，三位画家出版了自己的漫画故事书和画册。提尔·哈芬布拉克曾为国际性杂志和报纸工作，例如《南德意志报·周刊》、法国《世界报杂志》和《纽约时报》。更多信息和图片请点击www.fafenbrak.com。

感谢米拉和提姆

以及他们周围

所有给予我灵感的青春期动物们。